美好人生的修補藝術

墨鏡下的生命風情

人生風情千萬種，各自不同，因而也更加豐富、多元。

透過墨鏡觀看社會、世界的一景一物，視野不再刺眼。寫作、閱讀、畫畫……用不同的心境、不一樣的視野，重新認識生命的原野……

林萬來 著

慈濟因緣、
溫柔相待，
暢銷作者最新作品

推薦序

Recommended

世間生命風情千萬種，各自不同，因而也更加豐富、多元。今年五月，方知筆者任教北師的第一屆高材生，在小學、國高中乃至大學教育本位上，固然都有卓著的表現。但，若干在特殊領域發光發熱的，多半不是固守當年主修的科別；例如：尚在職的亞東技術學院黃寬裕通識主任，當初唸語文組；內政部民政司長林清淇，原唸生化組，後考取高普考而走入政府行政界；而樹德科技大學的黃文樹教授，專擅哲學思想研究，當初卻是美勞組。已出版八九部農鄉散文集的本書作者萬來弟，和文樹一樣是學美勞的。他們轉科而有傑出成就，真是令人意想不到，不得不佩服。

本書一百多篇散文，也依然持續著萬來多年寫作的風格基調：誠摯的心、深刻的情和濃厚的鄉土，貫串於每篇文章的字裡行間。為了清晰眉目，便於閱讀，而分為：親族深情顯影、真情深度回眸、北師深刻印記、雲林深切呼喚，和人世深探謎相等五輯：分別寫家人親戚的情感，對家國社會的關懷，以及退休後對人生事物更深厚的體悟等等。

而最特殊，為他人所無的是，他對第一個人生高深養成教育的臺北師專（一九八七年改制學院，一九九一年改隸教育部，二〇〇五年改名臺北教育大學）念念不忘，常形諸筆墨。又對土生長養他的雲林故鄉，著筆更多，成就他的文學創作主體內涵。筆者前已另為他編輯『臺灣農鄉散文家林鵬來傑作精選』，將由秀威資訊出版公司印行。

茲順序介紹各輯之中，尤為上選、感人的篇章：第一輯親族深情顯影三十五篇中有「慈母從未遠離」。萬來天生的孝心，在母親健在時，寫得已令人感動萬分；此文淡淡寫母後的思親之深，更令人動容：「…當時與女友熱戀，女友與母親未曾謀面，我打電話告知母親這個訊息時，她回話說：『她可以做你老婆，當然就可以當我的媳婦』，才讓我相當心安。」

「我突然興起要代替小妹為母親剪指甲的衝動，當我拉著她柔軟的手指時，她縮手說：你會剪到我的手，我說：我會小心的。但，沒想到才剪幾根指甲，就剪到她的手。她沒喊痛，也沒有責備我，看著破皮滲血的指甲，我頓時慌了手腳，…。

昔日如有空檔。我都會為她老人家的小腿和腳板塗抹乳液；如果發現腳趾甲有些長，我也會剪剪。如此數次，常讓我回味童年母親為家人掏耳朵、剪指甲的溫馨時光。……」

可以說，第一輯寫母親的四篇，篇篇精彩！其他還有寫老父、賢妻、二愛女，姊妹，乃至他常請教耕作實務的農業達人侄兒呢。

第二輯真情深度回眸，也仍然延續首輯的寫情；「情之一字，所以維持世界。」（清國．張潮『幽夢影』）在十五篇中，最不能不推介的是「冬晚對月」：

「自從秋日來訪，我常和老婆在晚飯後，……到附近的田間柏油小路散步、聊天。兩旁的水稻、芹菜和花生陸續收成中，沿路隨風飄著水稻收割後的香味、芹菜特殊的味道，和花生的香氣，讓人熟稔的農村景致也在眼前鋪展著。採收後的花生田撒了油菜，芹菜園收割完後又撒了茼蒿；此外，行列整齊的美生菜也即將成熟；熟透的青皮豆綠肥經過耕耘機的整地後，在一段時日又長了新芽，眼前所見，一片不同色彩的翠綠，讓人神清氣爽。剛採收的花生鋪曬在小道上……。」

「眼前所見，一片不同色彩的翠綠，讓人神清氣爽。」農鄉的美，就是如此的自然鋪陳著，……。

第三輯北師深刻印記九篇。萬來既是「美勞起家」的，讓我們來看看他雖然後來當小學級任、科任老師，又當主任、校長無數年，退休後仍無法忘情於他的美勞繪事；「繪畫，人生至樂」、「重拾彩筆有寄望」二篇，就是明證：

「每一次提筆構圖和畫畫，都是新的開始；筆隨意轉，意隨心轉，心隨自然：像是一位修行者，在每一個步伐中體會、沉思和成長。畫完圖，近看、遠觀都有不同的感受。每畫一幅畫，都是一場心靈的洗禮，也是一趟精神的旅程，啊！這真是人生的至樂。」（「繪畫，人生至樂」）

「讓我的筆在空白的畫紙上揮灑，讓我的自由心靈帶著喜悅和忘憂的翅膀，在油畫布前翱翔吧。每天時間一到，我就坐在畫板前，不自主地拿起油畫筆、水彩筆；那怕畫幾筆也好，沉浸在繽紛的色彩裏，讓我忘憂，忘懷屋外夏日酷熱的陽光。『畫就對了！』

心底湧起這個念頭。每完成一件作品，就讓我充滿喜悅的懸掛起來，常在畫前走動，……。」（「重拾彩筆有寄望」）

而第四輯雲林深切呼喚，有二十二篇。雖然詩人莊柏林每每說：「思鄉、鄉愁是文學永恆的主題。」但除了莊先生之外，臺灣作家中卻很少像萬來這樣念念不忘著故鄉雲林；那兒有父母兄妹等親族，更有他的童年，以及雲嘉南那片臺灣最廣大的綠地農野——臺灣糧倉．生活命脈！他說：

「許多雲林的菁英子弟從三、四十年前，就離家飄泊異鄉討生活，尤其落腳北部的為最多。秋涼季節一開始，除了幾處繁華市鎮，到處充斥著中老年人及幼小孩童的雲林鄉鎮的許多角落，更顯無言的悲涼。這二十年來，尤其入冬之後的枯水期，東北季風一再颳起狂風沙塵，除了空氣品質惡劣之外，濁水溪南岸的許多鄉鎮，每次都得接受沙塵暴的侵襲，呼吸道倍受摧殘，咳嗽、感冒等病患增多。每天有吃不完的沙塵，屋舍內外，無一處倖免，……」（〈歸來吧，雲林好子弟〉）

「每次閱讀有關敘寫雲林的許多作家，詳述故鄉風情時，我都細細閱讀，常會受到激盪和影響。他們看到不同於自己的雲林故事，對雲林這片土地的抒情與感懷、想要點亮雲林的用心，擦亮我的視野，讓我感動，深深感受著滿滿的溫馨。」（〈一位雲林子弟的心願〉）

「我鄉雲林是全國蔬果的重要產地與銷售中心，水果如：哈密瓜、香瓜、柳丁、橘子、柚子、香蕉、木瓜、鳳梨等等，應有盡有。而蔬菜類的蒜頭、蔥、高麗菜、花椰菜、花生，蕃薯、大小蕃茄，胡瓜、南瓜；各種葉菜類，更是種類繁多。退休後的我，跟著老父學習莊稼種植，從事水稻農耕，深深體會耕作的苦與樂。每當站在一望無際的田野上，心思著這塊供雲林子弟生活的土地，是何等的壯闊豪氣，孕育著堅毅自強不息的雲林精神；祈願老天多多眷顧勤奮的雲林鄉親。」（同上）

雲林土生的萬來，天然地釘根土地的雲林精神活力，足以感天動地！由於這一片愛鄉之心，他重金出版文集贈送鄉親、學子、圖書館等（參考「寫書送書雙雙樂」文），敘說雲林美景、描寫地方風俗的廟會、燈節等等，溫暖人心。當然農作的苦與樂，也都經常出現在他的筆下，那栩栩如生的描繪與真純的文字表現，贏得名副其實的『農鄉作家』的光榮。

最後一輯「人世深探謎相」，是全書次多的二十七篇，用智慧的思想，探討世間許多的現象存在著甚麼道理？我人要如何面對生命當中、世界當下的許多問題？因此，常見其智慧的發言，例如：

「只有放下煩惱，才能自在。」（「困境　超越　自在」）

「面對熱絡的陽光，也可以獲得正面的能量」。（「走出抱怨」）

「雖然清理辛苦，但卻能在各種的物品瀏覽中，找到那逝去的風華，讓心靈更加的喜悅與飽滿。」（「舊年尾新年頭有感」）

「與失明擦身過」，「五日生死經歷」，萬來弟於墨鏡下看人生生命，確實會與眾不同！「是，為序」。

霧峰 林政華序於二〇一八年六月十五日臺北雅翠園老屋

自序

Recommended

生長於農鄉的我，個性比較拘謹，負笈都城後，開始馳騁於文字的原野中，心靈得到無比的舒暢，精神上也獲得了不少的紓解與撫慰。

職場歲月無情的奔馳，過了一冬又一冬，……；但，人生的跑馬燈，終得在退休之後緩下來。豈料人生才過半，竟發現自己的身體快速地走下坡，措手不及，對未來的生活種種也悲觀起來。嚴謹規律的生活步調一下子崩解了，這才頓悟，此後要追尋屬於自己的生活，才能隨興，才能欣賞生命中的諸多風情。這些種種，都將之隨情筆錄下來。

由於常陶醉在自己的文字風景裡，自得其樂，也不知老之將至。正因為這樣用眼過度，產生了黃斑部病變及白內障。因此出外常須戴墨鏡，才發現不少在戶外活動的中老年人幾乎每人一副墨鏡。

透過墨鏡觀看社會、世界的一景一物，視野不再刺眼，但在心中卻有些憂傷。如今，我不再執著寫作和閱讀，有時拿起畫筆，走出三合院的象牙塔書房，用不同的心境、不一樣的視野，重新認識我生命的原野……。

本書，就是記錄著筆者平淡卻豐富的退職人生，是自我人生的深刻反思；計有一百零八篇。區分為五輯，輯輯互有關連；均以「深」字貫串：

第一輯「親族深情顯影」，最多，三十五篇。寫家族的生活點滴：其中多篇描述先母，以及慈母給我人生的影響。又有幾篇是敘說我與賢妻、二女的感情世界。雖然我們林家兄弟姊妹都是小家庭，但經過數十年的成長，已然開枝散葉，各有一片寬闊可以遨遊的天地，感情依然熱絡如昔，所以「我們永遠都是一家人」。

第二輯「真情深度回眸」十五篇，均是這些年來日常生活的片斷體悟、時光的印痕，也都是一步一腳印的小故事，以「情」——深情為核心。其中談到「寫作的迷戀」，是「療癒心靈的妙方」；談及寫書、送書的心情；還有心靈的「觀照有感」，在在都是真情的流露。

第三輯的「北師深刻印記」雖然只有九篇，但，北師心，一世情。北師孕育了我的成長，從少年至青年，均難以忘懷北師的校園及人文情懷，那遠去的師生情，同窗共讀的青澀歲月，似乎都像在昨日。深刻印記的五年求學生涯，時常浮現腦海。徐紀、林政華、王秀芝等教授文學的啟蒙，四、五年級「美勞組」繪畫的熏陶，參加合唱團的若干「回憶」，令人臉紅。趁此機會表達對慶龍同學過去的關愛。也對「班級廚師林媽媽」表示感謝，班上不少同學都特別感念她當年對神鷹班這群小夥子，在北師附小實習時的關照恩情。

第四輯「雲林深切呼喚」共有二十二篇。每個人都要走出自己的象牙塔，體驗雲林在地生活，尋夢成長；文如：「帶孩子走出去」、「都市少女農事初體驗」。又有幾篇書寫對雲林農鄉這塊土地春耕、春耘忙碌的體悟，如：「又到春耕時節」、「綠野春耕圖」、「苦中作樂話農耕」。而「人人頂上一片天」，只要努力，每個人都可以創造生命的奇蹟。讓雲林風景更美，人情更暖，生活更優質，就是我──「一位雲林子弟的心願」……。

至於第五輯「人世深探謎相」，二十七篇。每個人的生命故事都是一本值得閱讀的書，都是值得閱讀的風情畫。人世間的風情迷人，繽紛多彩，讓人留戀。不論年紀大小都可以揮灑自己的青春和熱力，創造想望的未來，如：「『唱片女工』詹雅雯的菩薩行」、「戀念廖瓊枝歌仔戲『王寶釧』」。而旅遊，就是最好的學習與教育：「慕夏與畢卡索特展記盛」、「紅棗鄉處處香」，各有心得。又在我生命的旅途中，發現

「溪頭」和「翠峰」是我的桃花源！

感謝菁品文化公司願出版這些文稿。而四十年來筆者能持續提筆，要感謝恩師林政華教授的持續鼓勵、不論寒暑費心地潤稿，為出書寫序：這些都讓我充滿欣喜和感動。他總是站在生命與文學的高度，讓文章充滿文學的吸引力。他每賦予書稿新的生命內涵，使我再度昂揚振奮，學習到課堂外的喜悅與人生哲學；也再燃起我的出書夢；夢圓已然有八九次。

希冀能在未來繼續追尋，用彩筆描繪自我存在的價值，在付出中得到堅持的力量。期待在偏鄉小村中生活漫步，以樸素與溫情的面容，面對生生不止的莊稼和農莊中可愛的人情事物，傳達出對生命與情感的愛戀。且讓我更堅定自己，追尋更真實的自我，體會出造物的真善美聖，在無止盡的寫作生涯道上……。

林萬來自序於雲林崙背三合院自宅

序詩

足跡

跟隨父親十多年前農耕的腳步
肯定只有一步一腳印的踏實
沒辦法騰雲駕霧的高調
就在軟趴趴的泥田裡
就在窄小的田埂上
以大地為舞台

不需要也沒有觀眾和掌聲
享受陽光照耀和雨水微舞的心情
沉醉在白鷺鷥紛飛與田鳥的歡唱裡
埋頭的播種插秧照料成長

一切的希望和未來都在這裡

沒有羨慕別人
不必羨慕別人
一切靠自己

自主管理　父親說
努力總會留下痕跡

（二〇一五、七、二十七，金門日報文學副刊）

目錄

Contents

第一輯 親族深情顯影

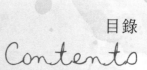

第二輯 真情深度回眸

第五輯 人世深探謎相

第一輯

家族深情顯影

母親開的雜貨店

早年，家境並不富裕，但因母親身體較羸弱，無法從事粗重的農事，所以父親就在靠住家的馬路邊開設一家小雜貨店，讓母親在操持家務之餘，生活有個重心。所以，我的童年比起同齡兒童在物質方面，富足許多。當時，不論是麵包或糖果、餅乾等零食，都能滿足我童年的口腹之慾。

雜貨店除了是村里人家聯絡感情的聚會處、談天說地的好地方、鄉情的廣播站之外，本就提供諸多的民生日用品，滿足忙碌村人的生活需要。開店雖能賺取家裡一些生活費用，卻也增添母親不少勞碌；尤其她並不識字，所以進出貨都靠她的記性，包括村人的諸多賒帳。

雜貨店裡賣的東西不少，尤其四季都賣自包的粽子；哥哥、四姊和我，曾經到村里人家去兜售。另外，從夏天的冷飲和冰品，到削鳳梨，賣甘蔗、當季的水果等，是村頭人家的便利商店。當年賒帳風很盛，所以有些鄰居多是稻穀收成才來結帳，而母親也從不催帳。有些孩童身上沒有零用錢，到店裡來留連不歸，母親二話不說的拿些餅乾和糖果，送給他們；也有的小朋友拿了東西沒給錢就離開。甚至趁生意好，母親忙不來時用偷竊的，母親知道了也從不追究；因為這些都是窮苦人家的子弟！

母親離開我們已兩年多了，日前一位住在村中六十多歲的長輩，找我聊天，無意中談起母親生前看顧雜貨店的種種感人故事，稱許老母親是一位溫柔賢慧、慈悲敦厚、關懷他人的偉大女性，他說，當年母親的許多溫馨情事，全村人都知道，而且讚賞不已，至今依然讓村人傳誦著；這種事現今社會上已少見……。使我更加的思念母恩情深深…。

（二〇一五、十一、十九，馬祖日報鄉土文學副刊）

侍母臨終紀事

那段日子是我五十多年來最難熬的一段歲月；林家的子孫都返家了，可是，再也看不到媽媽、阿嬤。每天不少的鄰居、親朋好友和同事，都來關懷和弔唁，讓我們倍感溫暖。可是母親已經不在人世，這是多麼讓人心痛的記憶！如今也已數年了。

那段守喪的日子，我幾乎足不出戶，每天面對幾位姊妹和親朋好友，我聽著她們一面聊著母親生前刻苦耐勞，要看顧乾貨（俗作：柑仔）店，又要上田的種種溫馨故事；我一面摺著紙蓮花，一面望著懸掛在屋簷下的走廊，那帳篷內的亞管上，隨風飄盪的一整排紙蓮花，常不自覺的流下淚來。紙蓮花讓生命好像得到些許的慰藉，可是也讓我有一份悲涼，和對生命無常的遺憾。

那一次母親在春寒料峭、又有些暖意的早上，喘氣、食不下嚥，立刻送她去急診，經醫師評估後轉而住院。醫生只說母親肺部有些發炎和積水，我以為只是普通的住院療養，因為她一年半載偶爾會住院幾天，所以家人都不以為意。因為晚年話語不多的母親除非不得已，常會婉拒看醫生，我們也會看情形是否送醫診療；而那次母親也答應要就醫，沒想到……

那次住院，比往常多了十幾位親友都來探視，連兩位舅舅也來了。父親也到醫院，看著帶著氧氣罩無法言語的母親，心生疼惜。我曾問在當護士的表妹女兒對母親狀況的了解，她堅定的跟我說，兩天內是關鍵；但毫無危機意識的我們根本不了解母親已身處險境，生死交關；因此在看顧母親住院的日子裡，心中毫無驚懼。

那時候母親吃不下飯，哥哥利用休息時段，為母親張羅吃的，除了營養飲品一口口的餵食外，也買了布丁和水果。當看到母親多少能吃一點，家人都很高興，希望母親早點康復。但那位女主治的醫師建議吃不多的母親要插鼻胃管，我們都不忍心；希望能自費打營養針，可是醫師認為還不到時候。我們簽了不插管急救，不送加護病房的書面切結書。每天我們兄弟姊妹和各自的另一半輪流守護。二姊拜請神明照護，我也唸著『心經』，期盼我佛慈悲……。

住院的第四天早上，我們無奈的看著護士為母親插鼻胃管，可是，鼻孔因戴氧氣罩造成太乾燥而未成功而作罷。我看到她痛苦的表情，淚流滿面的離開病房。當醫生說該打營養針時，母親卻有些昏迷，但我仍天真的認為她狀況應該還好。

至今回想，那些天，一天數次的抽痰，造成母親很不舒服，甚至痛苦萬分；但那卻是必要的醫療行為，因為怕痰卡在喉嚨。原以為母親仍存有一絲生機，沒想到住院才前後四天，就因為身體的機能老化，毫無預警的回歸天堂，讓全家人措手不及！……

（二〇一六、十、三十，人間福報生命書寫版）

慈母從未遠離

幾年前，在日暖風和的三月天，母親因一場肺炎小病住院，前後才不過四天，竟意外的離開人世。我們數十位兒孫在悲慟之餘，辦理誦經佛事，送母親最後一程，祈願母親往生西方淨土。

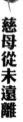

那段日子，雖然全家人精神有些不濟，食不知其味，但我們心志一同，互相扶持；也幸虧溫村長及村人的義務協助，母親的後事終能圓滿。小妹說，當年母親的種種，彷彿是一場夢，而如今夢醒，母親已離開了我們！雖然如此，至今仍感到母親依然守護我們，不曾遠離，依然與我們共賞朗朗的春日美景。總以為會久長的與母親依偎在一起，能常年的陪伴在母親身邊吃飯聊天，而她會長命百歲；然而，卻不是如此……

在母親住院期間，許多親朋好友來探望慰問，出嫁的姐姐、姐夫全回來，到醫院日夜的輪流守護看顧。然而，才一口氣喘不過來，幾分鐘的光景就帶走了母親。如今母親已到另一個世界去了，不再有病痛和身體的折磨。慈悲的母親茹素已有二十多年，早把我們小孩養育成人，雖不再掌理家中的大小事，但許多事我們依然會告訴她，聽聽她的意見，因為充滿智慧的她，是家中的守護神。

二十五年前，我仍在臺北工作，當時與女友熱戀，女友與母親未曾謀面，我打電話告知母親這個訊息時，她回話說：「她可以做你老婆，當然就可以當我的媳婦」，才讓我相當心安。她支持鼓勵我早早結婚為要，讓我不必為未來煩心。此後不到半年，我與女友順利的走入結婚禮堂。幾年後，我與老婆調職返家，一家和樂融融，沒有婆媳問題，她視我妻如女兒般的寵愛，也甚為疼愛她的孫女。

那年二月初春，日暖風和，我和母親在庭院曬太陽，為她做柔軟運動，之後，我突然興起要代替小妹為母親剪指甲。當我拉著她柔軟的手指時，她縮手說，我會剪到她的手；我說：我會小心的。但沒想到才剪幾根指甲，就剪到她的手。她沒喊痛，也沒有責備我，看著破皮滲血的指甲，我頓時慌了手腳，慚愧自責的趕緊入屋拿優碘軟膏塗抹傷口。

記得昔日如有空檔，我都會為她老人家的小腿和腳板塗抹乳液；如果發現腳趾甲有些長，我也會剪剪。如此數次，常讓我回味童年母親為家人掏耳朵、剪指甲的溫馨時光。

打開電腦，翻起家人與母親合影的諸多照片；忙碌於工作的我們慶幸能留下一些舊照和影片。當年家人生日或過母親節，母親依然精神奕奕，歡欣喜悅的吃著蛋糕，與兒孫們歡度佳節。那時候，我們還推著坐著輪椅的她，參加二伯孫女于歸的喜宴，也留了影像。每年三月麥寮拱範宮媽祖繞境，我擺上水果、香案祭拜祈福，與母親在一旁雙手持香默禱合十，祈求全家平安。而今睹照，只剩思念……。

人生中年，慈母的恩澤情懷常浮上心頭。生命的流轉更迭，一如四季，自有其規律，雖是人世之常，卻是五味雜陳。如今五月，又過著沒有母親的節日，心中不免有憾。但心想，慈暉與春天同在，母親從未遠離。期待未來，能更珍惜春光，以及能孝養老父的歲月。

（二〇一六、五、七，金門日報文學副刊）

再續母子緣

在母親做頭七法會那天，我們隨著法師誦經跪拜在她神主牌前，祈求清淨佛音接引，讓她一路往生西方佛國。聽到一段段佛經哀章曲調的吟誦，坐在我前面、拿著細竹枝白幡的大姊，突然窸窣哭泣起來，哽咽的聲音，讓我想起與母親生活在一起時的諸多往事，而今，她安在？也不自覺的流下淚來……

作夢也沒想到，雖因高齡老化逐漸喪失身體機能，但卻只是小病痛的母親，竟在短暫住院幾天後就離去，讓我們相當的意外、不捨。許多的鄰居和親友都不知母親住院，等到他們在庭院上看到母親由救護車緊急的送回家，撐著一口氣，才錯愕的得知此一不幸的消息。

在做頭七的那天晚上七點多起，又溼又冷，大雨劈哩啪啦地灑在塑膠帆布上，和著我們的誦經聲。那個晚上，隨著一部部的佛經頌讚，一炷炷的香尚未燒完就又更新；尚未燒完的香就插在香爐上，整個布帆內，一縷縷的清香的煙味，鑽入我們數十位林家子孫的鼻孔中，像是對母親的思念和永恆的憑弔。

春天來臨許久，春雷乍響，卻未見春雨。不料！春雨卻無預警的、又大又急的下在母親做頭七的前一天晚上。法會快結束時，大家焦急的等待春雨能停歇。誦經預定在夜裡十一點半左右結束，緊接著要燒金紙送給母親。奇蹟似的，大雨竟在十一點就停止！我們子孫們都覺得不可思議，認為慈悲厚道的母親有福報：待人和善，勤奮持家，育子有成，不眷戀人間的繁華和美食，清口茹素二十多年的她，一定能得到佛菩薩的照拂和牽引。

依民間習俗，我們要燒給母親幾套穿過的衣服、幾箱庫銀和金紙，還有家人連日來做的三十六座蓮花、金元寶和紙衣服、鞋子等等，塞滿一大鐵桶，我們正煩惱著要是雨不歇，該怎麼辦？感謝老天垂憐，我們在沒有大雨的侵擾下，法師一面帶著我們一家人齊念著「南無阿彌陀佛」，一面繞行在兩公尺高的大鐵桶四周，完成焚燒儀式；期待母親一路順心，得道成佛。

站在數公尺外，看著熊熊火舌和火光飛升，照亮夜空，也照亮我們悲慟難捨的心靈；我們雙手合十，頌讚著「南無阿彌陀佛」、「南無觀世音菩薩」⋯。午夜的寒意逐漸散去，凌晨的夜空寧靜，鑲著一圈圈金邊的縷縷烏雲散開，點點星子露了臉。月亮光暈意外的從上頭飄灑下來，安詳柔和，難得的溫暖浮上心頭。

至今，仍然不敢相信在如此美好的陽春三月天，我們竟然無法留住母親，真令人難以接受！期待在佛菩薩的庇佑下，母親得以安住佛國；下輩子我們還要再相聚，還要再續母子緣，再續母子緣⋯⋯

（二〇一六、五、二十二，人間福報生命書寫版）

老爸的豆花情緣

二姐從桃園帶回她二媳婦娘家製作的數桶豆花和幾包黑糖水，讓我們全家大快朵頤；尤其是滿口假牙的老父更是開心，這是他最好的下午茶點心。

每週有三、四天下午四點多，會有一位中年男子開著小貨車，來村裡沿路叫賣：「豆花，有冷豆花、熱豆花、粉圓、綠豆湯、紅茶、燒仙草、枝子冰；攏有在賣……。」透過廣播，由遠而近的傳來柔美的叫賣聲，最後聲音卻停在家門口。我閒坐書房，伸頭探看，發現車子已停下來，老闆送進來十碗豆花……

「吃豆花」是父親的小確幸時光，對滿口假牙、年已耄耋的他而言，那是人間的美味，像是都會貴婦、小資女的喝下午茶的享受。

有一次，我遠遠的看見外傭推著老父返家，老父雙手捧著兩疊用塑膠碗裝著的豆花，一臉滿足的微笑。這晚，家人聚在客廳一起用晚餐時，父親笑盈盈地說，他買了十碗豆花給大家吃。剛好由外地學校返家的兩個女兒，開心地一面與阿公看電視，一面吃著豆花。這溫馨和快樂的畫面，讓我記憶深刻。他說：「一碗三十元，買十碗算二十五，買回家，咱家人跟外傭都可以吃，便宜又好吃。」

老婆看到父親幾乎每週都要買豆花；所以就發揮賢妻的本色，認真製作一桶豆花，又做薑糖湯。可是，父親吃了幾次後說，商人賣的豆花綿密滑嫩，豆花裡面的料又很多；我們做的料少。因為外面賣的豆花，有搭配花生、紅豆、綠豆、粉豆、芋圓、地瓜圓等等。我們還真沒辦法「征服」父親的胃。

不禁回想十多年前，陪伴父親在彰化住院療養近月，我們悶得發慌。有次一起閒步到樓下前庭看熱鬧，曬太陽，看看人來車往，心情特別愉快。那時，剛好有攤賣豆花的路過，我買了一碗給他吃，他吃得津津有味地說：「怎麼有這麼好吃的豆花？真的，真的，太好吃了……。」

看著老爸這樣愛吃糖分高的古早味豆花，我們也不再阻止他，認為他也應該要有自己的喜好；我想這一碗豆花不只是他的下午茶點心，更蘊含著不少歲月的真情意。

也因為老爸愛吃豆花之故，小妹幾乎每週都從異地帶回一大桶的豆花，足夠父親吃上兩三天，所以現在也不再向豆花商買豆花了……。

重陽餐會傳情意

（二〇一七、十、一，人間福報生命書寫版）

兒童過兒童節，如今老人也要過老人節，那就是過重陽節啦！我雲林偏村的重陽節敬老活動，就是請全村年滿六十五的老人吃一頓，還可以領一份禮物——兩罐西螺名產醬油，和一瓶洗碗精。

重陽節辦敬老活動，是每年村中必辦的活動，也是年度盛事。因為是一年一度難得的老人聚會，所以老者每人都非常期待。

前幾天剛好有些毛毛細雨，老父也必須坐輪椅前往，所以我一直想，希望父親就在家裡用晚餐就好，以免麻煩。但有點重聽的他，村長的廣播他卻聽得很清楚，不到傍晚五點聚會的時間，就在客廳等候。看到我說，他看到有些人已經前往參加了……期待的心情溢於言表。

我趕緊推他到搭棚子的村廟廣場，果然已經人潮洶湧，熱鬧滾滾，有點像在辦喜宴。才五點左右，廣場的紅色圓桌已經坐了不少人在等待。一旁外燴的車子載來豐盛的餐點，廚師和幾位志工正在忙著擺放。一時歡樂的氣氛昂揚起來；我想，如果這時村長和主事者能在廟口放點老歌，一定更動人。

父執輩老者個個盛裝出席，喜樂無比。他們平日深居簡出，有些帶著四腳步行器和枴杖，有些人得坐輪椅由子女或外傭推來。先來的許多老者前去廟旁領取重陽節的禮物。我把父親推送到最外圍的圓桌旁，方便進出，也跟著人潮前去領禮物。

一旁，二十幾位志工，都是平日夜間在活動中心跳土風舞的年輕媽媽，熱心地為老者盛裝香噴噴的豬腳麵線。眼看著她們幾乎忙不來，我主動加入端豬腳麵線的行列。端著這些好料到他們的桌前，他們喜悅的眼神與感謝，充滿在滿是皺紋和黝黑的臉龐上。想起他們一生青春奉獻給家庭，為生活奔勞，令我感動。

分送豬腳麵線後，我們還將一碗碗裝滿著雞鴨魚肉、香腸、糕餅點心，和蘿蔔貢丸湯等等，送到老者面前。看著他們一面聊天，一面欣喜地吃著豐盛的餐點，桌桌充滿著歡笑聲。幾位送親人來聚餐的年輕人和外傭，也一起享用。多麼溫馨的聚會啊！一年應該多辦幾次才對。

由於餐點豐盛，大家都吃不完，還可以打包回家，很像村裏每次辦的喜宴，總是有吃有拿，心中滿溢著幸福和快樂。這也讓人憶起從前，平日難得吃一頓大餐，父親偶爾參加宴客時，總會留下一些好料帶回家，讓家人同享。

在暮色中，我心緒仍然興奮著，滿心歡喜地推著父親返家。高齡九四的父親，滿臉喜悅，雙手也端著一碗滿滿的糕餅和油麵。平日寂寞的老人家需要家人及社會多加關懷和陪伴。真好，因父親的堅持參加，讓他享有一次溫暖的聚會。

（二〇一六、十、八，中華日報副刊）

老父到底是老父

熾熱的天，隨著火紅的鳳凰花由南台灣向北燒起；每年四月起，禾黃稻熟收割的忙碌，也由南台向中台展開。我家住嘉南平原，處處可見稻穀收成的景象；精神特別清爽的老農身上，映著藍天與稻海，一期稻作辛苦的汗水，都成為心頭的甜蜜。

那些時日，老爸從收音機聽到豪雨和颱風要來的訊息，一直在我耳邊叮嚀著：稻穀成熟了就要趕緊收割起來；割起來才是錢，放在田裡老是擔心風風雨雨的。如要放著更成熟，可讓稻子更有重量一些，得冒一些風險。他常說，六、七月天，西北雨和颱風說來就來，讓人無法按算。他更舉例：當年村人因為颱風天帶來的豪雨，讓稻子倒伏出芽，損失慘重等等情事。

其實我心也很急，到處請教有經驗的村人，例如：拜託替我田地施肥的侄兒。因為父親行動不便，無法到田裡看看稻穀的成熟度。還是侄兒說，何不拔幾棵稻穗到農會收購處的儀器去度量看看？這招讓我心頭有了主意。隨即將兩塊田地的稻穗送去度量，果然穀粒的成熟度已夠，農會會收購。隨即聯絡隔壁村的稻穀機戶，安排隔日的下午來收割。

那天午飯後，休息了一陣子，依然未收到要來割稻子的電話。我心急地去了電話，結果說收割的工人正要去我田裡，我隨即驅車前往。半路上，發現一部大卡車正停在路邊，並將割稻機從卡車上移駛下來。我停車一看，竟是要割我稻田的工人夫妻。他們說這旁邊的田不是我的田嗎？讓我大吃一驚，差一點擺了烏龍，所幸及時趕到，才免一場災難。

天色未晚，我的四車次的穀子全部送繳農會倉庫完畢，再也不必擔心風雨了。我和父親都鬆了一口氣；隔天，真的有颱風侵擾，還下了幾天的大雨。心頭，很感謝父親當時一直催趕我割稻，……。

（二〇一七、十、三十一，馬祖日報鄉土文學副刊）

戒菸後遺症

自懂事以來，老爸就會抽菸，菸齡至少超過三十年；只是在家很少看到他抽菸。老爸年輕時因家境貧困，除了自己的一分薄田需要照顧外，還必須到外面打零工。三、四十年前，香菸是人際關係的潤滑劑，我請你、你請我，話匣子通常在點根菸後展開，縮短了人與人之間的距離。因此，在市井乃至工地等處，幾乎都是煙霧瀰漫。

三十多年前，大哥生了個男孩，因為是林家第一個寶貝孫子，老爸和老媽特別疼愛，理所當然地成了孩子的保姆。但老媽必須操持家務，無法分身照顧孫子，因此含飴弄孫的工作就落在了老爸身上。他也樂此不疲，白天帶孫子外出散步，晚上與孫子同床，幾乎形影不離。

剛開始顧孫的那段時間，老爸在家偶爾會抽根菸解解悶。一次沒注意，菸輕觸到孫子身上，孫子雖然沒有嚎啕大哭，老爸卻自責不已，覺得這樣的事不能再次發生。他想，菸是不能再抽了，戒菸是唯一的途徑！

此後，每當老爸菸癮來時，他就口含一顆糖果，不論是何種糖果都好，這樣就不會想抽菸了。有時朋友來訪，遞給老爸一根菸，他都說：「顧孫啦，菸沒抽了；不然，菸燙到孫子就麻煩了！」日子一久，人家不再請菸，我家也不再有菸味了。

如今三十年過去，孫子都長大了，早已沒有菸癮的老爸卻戒不掉糖果，仍像孩子一樣愛吃糖果，時常要我們買些人參糖、苦茶糖、鳳梨糖、枇杷糖等，讓他解解饞。但對老人家來說，吃糖的後遺症可不少，這下，還真令人苦惱呢！

（二〇一七、十一、十三，人間福報家庭版）

陪高齡老爸勇闖農博

自從父親行動不便，尤其出門需坐輪椅之後，他要出遠門的意願就降低了。但，他的朋友遊歷過雲林農業博覽會之後，跟他遊說農博充滿趣味、多熱鬧，尤其能將腐朽化為神奇的故事，的確吸引人，值得一遊等等，終於挑起他要出遊的念頭了。

那是政府投資多少錢建設的？能將廢棄荒蕪多時的虎尾空軍基地變身為一處充滿美感亮麗，和有機生命力的農業教育基地，可以讓許多人感受雲林農業的可親可敬之處？身為雲林人一定要前去觀賞。這更激起父親要一窺究竟的想望，希望我們家人能抽空開車帶他去看看。

對於身高一七五公分、體重近百公斤的父親，上下車、坐車、坐輪椅和如廁等，對我而言都是一大考驗和精神負擔；然而哥哥卻視為一種樂趣，認為高齡九三的父親此時不出遊，尚待何時？我為哥哥的孝心所感動，同為兄弟，豈可畏縮視為難題？當然需全力配合他。更何況妹妹也加入協助和推輪椅的行列。

二二八那天，天候晴朗。我們一家四口，十點才到農博基地。父親由哥哥抱著上下車和坐上輪椅後，他又開車去找停車場。我與妹妹先將父親推到售票口，果然連買票都要大排長龍，有點被眼前的人潮嚇住。雲林多少年來不曾看到如此多的人潮了，連平日窩居在寂靜農村的父親，也驚歎和喜悅地說：「從沒有看過那麼多人來雲林觀光，真有夠熱鬧啊！」

我們三兄妹輪流推輪椅，邊走邊低頭為父親介紹各處的景點。有些無障礙坡道較陡，推起來很吃力；有些路面與展館木板銜接處有落差，造成前進困難，需加一人拉提，才得以前行。又有些高低不平的小溝和鋪陳碎石子的地方，讓我們困擾多多。但畢竟瑕不掩瑜，農博還是有可觀之處。

從未進大門口開始，小妹和大哥就相機不離身的為父親留影。先從「農民最大」的總統府開始參觀：紙做成的三四層樓高的機器人和總統府，最吸睛，人人都要到此一遊，留下倩影。裡面擺設一些紙箱作裝置藝術，還有陶藝、紙藝、木製作品，都是在地傑出的藝術家所精心製作的展品。還有攝影師精心拍攝、掛滿內牆的大小攝影作品，描繪著雲林上百位傑出農民的心血結晶。

我們一邊拍照，妹妹一邊錄影，一家人有說有笑，頗感溫馨。好像此時正是彌補小時候家貧、家人甚少外出同遊的遺憾。父親則看著人潮洶湧而讚歎說：政府一定賺不少錢。

有些展場如：「食物歷險記」（外型不錯，像一部諾亞方舟），因為內有部分樓梯而無法入內，只好在造型船的下方留影紀念。有些如：「碳匯林場」，則因人潮擁擠尚需排隊，而只好在出口附近繞繞，略窺其中部分展品；雖然只是看看用竹構工法的建築造型外觀也不錯，樸質的鄉土味，仍有令人驚豔之感。

看到大樹下有不少王秀杞的藝術創作石雕、銅雕，如：播種、牛、老婦群像等等，充滿泥土味；不少人輪流與他們合影留念。大家也因酷熱，紛紛聚在大樹下吃喝、乘涼……

我們還到草笠劇場觀看大專及社會組的飆舞比賽，熱鬧非凡，吸引不少人潮加油圍觀。我們巧遇熱鬧繽紛的斗六溪州社區的森巴鼓舞蹈和鼓樂的表演，表演者大多是中老年人，又舞又扭的真不簡單，展現雲林不一樣的風情；舞技新潮，服裝鮮豔，宛如巴西嘉年華再現，真是值回票價！

與老者要暢遊十幾公頃的展場，的確是一大挑戰，所幸父親沒有半途打退堂鼓，幾乎遊逛完全程。此行三個半小時，我們都累了，但父親仍然精神奕奕。由他逢人就津津樂道農博的內容和熱鬧的人潮等等來看，此行是成功的。過些時候，我們要將錄影和照片檔剪輯成片，放在大銀幕電視，與父親再欣賞一次雲林的農博行。

陪岳母遊山

日前，看到韓國作家太源晙寫的《帶媽媽去旅行》，令人感動。讓我也想起帶老人家出遊的經驗，老婆說，那已是十年前的往事了。

那天晴空萬里，岳母對我們說，難得你們回山上來，就帶我出去走走吧！但妻說，七、八月的酷熱讓人覺得出遊是一種挑戰。我們三人經過商談，最後決定翻山越嶺，越過九分二山到南投國姓鄉去找老婆的同學阿雲。

從岳母的中寮和興村驅車，半小時的上坡產業道路，崎嶇蜿蜒，九彎十拐，雖不致於難行，但兩旁的樹枝和雜草無人清理，蔓延到馬路中間來，也有些大小不一的落石，幾乎卡住底盤，有些水泥地和柏油脫落嚴重。還好老婆自認識途老馬，山路比我熟，由她駕駛。

經過九份二山的九二一的地震園區後，重鋪整修的柏油和雙線道，走來就舒服多了，一路暢行無阻。不到一小時就到國姓鄉，經過聳立的國姓爺塑像，就到阿雲小姐家。

中午，我們到餐廳享用客家菜。阿雲說，這家餐廳因為好停車，又上了網路介紹，來國姓旅遊都要來這邊嚐鮮，所以假日生意非常好。我們等了十多分鐘才有位子可坐。上菜之後，我們一面暢談，一面享用了一頓好料理。

飽餐之後，岳母要去國姓的水流東村找一位姑婆聚聚聊聊。多年未見的親戚相見歡，她們身體依然健朗，姑婆泡了清涼的梅子茶，給我們解渴。她們原本要駕鐵牛車下山去看眼科醫師，我們就順道幫了忙。

在車上，我們一路聽著他們訴說著親戚間的許多故事。在人世間，因為彼此的疏密往來，產生許多親疏關係。老婆說，他們常住山中，平日少有人煙，看到人就特別有人情味，不論親疏都特別有感情，有時間就把握見面的機會。反觀我的親戚住在平地，除了婚喪喜慶之外，平日反而少往來。妻說，這種感覺耐人尋味。

載著她們下山搭車後，我們也一路趕回和興村。岳母說，三十多年前與姑婆多在山上開墾，彼此感情非常的好，又有親戚關係，所以當年拚鬥的山村生活一點都不累，如今值得回味。回南投近二小時的路途中，聽著岳母訴說諸多的山村故事，眼望著翠綠的山谷和偏植的香蕉、木瓜、檳榔樹，心情不錯。

暮色時分，山間也起了煙嵐，我們不習慣在黯黑中開車，因此匆忙地揮別岳家，返回雲林老家。

妻舅的蕉薑園

每次，陪老婆回山上的娘家，妻舅一定送給我們不少串他栽種的香蕉、一整袋的老薑和嫩薑，讓我後車廂滿滿的，心中充滿無法言說的喜悅。

妻舅原任營造廠的監工領班，以及作業員兼司機，每天非常忙碌。原本岳父母年輕就在南投中寮的深山中「做山」，種木瓜、柳丁、香蕉及薑母等等，成功的孕育和教養一家人，相當不容易。

如今孝順的妻舅，拋下他原本的工作，回到山中，一方面照顧雙親生活起居，協助維護山中老屋，一方面傾注全力照顧香蕉園和薑園。每次，我回到太太的娘家，偶爾會與岳父母和妻舅到瓜果園逛逛，體會山中特有的風情。看到他們的手腳相當老練靈活的走在斜坡和陡峭的山谷中，要注意行走的安全，還要在其中修枝、除草、整地等工作，相當辛苦。我時常跌跤，更甭說要協助他們工作了，所以更加對他們「做山」的生活感到佩服和讚歎。

平日我們輕而易舉的在市場購買的每一根香蕉，和每一片薑，都是靠農人如此的勞心勞力，忍受日曬雨淋，又要經過至少一年的歲月，才得以收成的。

老婆校長變農婦

（二〇一六、七、二十，青年日報青年副刊）

「你準備天天吃水餃吧！」老婆傳line跟我說，讓我不禁喜上眉梢。沒想到她還沒退休，精神就大振起來，說到做到：這一兩天巧遇星期假日，跟我一起上了市場，買絞肉和韭菜、高麗菜，中午就有二、三十顆的香噴噴水餃搬上飯桌；還包了近百顆的水餃冷凍起來。

二十多年前，當我還單身時，當年的她有一天去看我，看到我平日簡陋的生活，她還特地到市場買了絞肉和大餛飩皮，為我包餛飩下麵條吃。我愛吃熱食，所以與她旅行在外用餐時，常是一盤水餃，一碗酸辣湯，就認為是人間好美味。

她在工作的空檔，對於花花草草的園藝很有興趣，而且按時令種菜、施肥等農活，有一些心得。尤其住家三合院的後面，就有一大片的菜園，足夠她發揮所長。

她喜歡自己育苗，絲瓜、辣椒、香菜、牛奶白菜、青江菜、空心菜、菠菜、茼蒿等，也都收穫頗豐。黑葉子蕃茄、茄子、胡瓜、小黃瓜、美生菜、肉豆、四季豆、皇帝豆、苦瓜等，都想買菜苗來種種，試試看。她常在上班前和下班後去巡視菜園才安心；嘴裡還常唸唸不忘要在街頭巷尾擺攤賣蔬菜。上一季我們吃苦瓜、小黃瓜，各種新鮮菜蔬；而這一季，飯桌上時常有茼蒿、蒸茄子、蕃茄炒蛋，芹菜炒紅蘿蔔，都吃得很開心……。

（二〇一七、五、十一，馬祖日報鄉土文學副刊）

種菜賢妻蔭夫

平靜的午後，屋外的陽光熾熱，上網瀏覽當日要聞、閱讀臉書和line。一抬頭，時間已近黃昏！天色已晚，妻子下班後，仍藉著路燈的光線勤奮種菜，栽植紫茄、綠花椰、紅番茄和「大陸妹」等菜苗。自己栽培有機蔬菜，供給生活所需。

自退休後，晨間閱讀書報，傍晚時分便至田間小路散步，已成為自己生活裡的習慣與重心。菜園就位在三合院後，幾個月來，妻子拿著鋤頭整地努力耕耘，自己親手種植蔬菜，讓我免去上市場買菜奔波之苦。

妻子為了能得心應手，不斷上網找資料，向菜苗商詢問；並查詢農民曆，在不同的季節栽種適合的蔬菜。她書寫菜園生態筆記，如今已累積許多心得，也活化了生活。上班時間以外的菜園雜活，都是妻子一手包辦，令我感動；後來自己也加入耘草栽種的工作。田園農事讓我們擁有更多共同的話題，也增進夫妻的感情。

（二〇一七、二、二十，青年日報青年副刊）

賢妻的愛能消炎

南部豔陽，一早就高溫三十多度，讓人渾身是汗。難得的星期假日，應該是校長老婆悠閒地吃早餐、聽音樂、閱讀，休養生息的好時光；然而，我才剛起床不久，就看到老婆已經忙得像無頭蒼蠅，汗流涔涔的在我身旁轉來轉去。

一個月前，我吃多了些辣椒醬，隔天牙齦就浮腫了，因為燥熱的體質和時常睡眠品質不佳的影響。吃了診所的中藥，看牙醫，吃了藥局的消炎止痛藥，都效果緩慢，日日為牙齦腫痛所苦。妻知我腫痛未消，即煮了一鍋的魚腥草和薄荷茶，讓我解暑消腫；還在廚房烹煮著今早已採收的桑椹葉、枇杷葉、咸豐草、金銀花、紫珠草等降火氣的青草茶，不時地前往察看。又看到她割取了一大片的魚腥草，晾曬在三合院的前庭上。

雖然她今天下午還要參加年度的古箏考級，但仍然放下練習的時間，以照顧我為優先，讓我感動不已！

這些魚腥草、薄荷、金銀花、紫珠草和桑椹葉等，都是老婆花時間在屋後的菜園種植的。平日下班後，她總是換上工作服，一點一滴地辛勤栽種，如今總算小有收成。這些雜事，理當由我這退休無所事事的老頭來做才對，可是妻為了我和這個家，毫無怨言地付出。

快到十一點，她總算忙完，放下雜事，回到書房練習古箏；可是一下子又跑到廚房看火候、加黑糖，真是操勞啊！

連續喝了兩大杯的薄荷魚腥草茶，感覺有些消腫了；我想，這是因為其中滿滿是老婆的愛的……。

（二〇一五、八、六，中華日報副刊）

五二〇二〇一四

早上五點多就醒來，看到夏日的天光已大亮，東天的雲彩在陽光的照耀下異常清新，耳際更是傳來一群痲雀嬉戲啁啾的叫喊聲，好像正演奏著一首晨光交響曲。

昨日一夜好眠，如今精神很好，不想再睡回籠覺，也想要看看這兩天離家的日子，報紙、網路和臉書有甚麼新訊息？

老婆的六點鬧鐘準時響起，接著她的手機鬧鈴設定的收音機，也播放著起床的電台音樂。我把音樂聲和手機鈴關掉後，不一會兒，老婆也起床了，一天的活動就開始了。她化好妝要出門之前，突然跟我說：怎麼手機和收音機都沒響？我說：關掉了。她才放心。

我繼續坐在電腦桌前，她來到我面前，神祕兮兮的說：「今天是甚麼日子你知道嗎？」我在想著是她的生日或結婚紀念日，或甚麼特殊的節日時，她指著電腦銀幕的右下角給我看，說：「愛你一世，我愛你（二〇一四，五二〇）！」，讓遲鈍的我頓時清醒起來，原來如此！我不禁含情脈脈的注視著她。雖已是二十多年的老夫老妻，但，我依然覺得老婆每天都不一樣，依然令我意亂情迷。我有點害羞的輕摟著她，給她深情的一吻。雖然她對我突如其來的舉動感動意外，但，隨後，她眉開眼笑的輕拍我的肩膀，離開，上班去。

這麼純情浪漫的老婆，真教人疼惜；心中湧起這句：「這一生，我不能沒有妳，我要愛妳一生一世！」

（二〇一五、八、十一，馬祖日報鄉土文學副刊）

媽媽鐘

老婆是全家人的鬧鐘。從兩個小孩上學之後，老婆就是「媽媽鐘」。運用她的想法和魅力，讓小孩心甘情願的起床。她擔任「媽媽鐘」多年。有一天，孩子長大逐漸懂事，自己運用收音機設定起床音樂，呼叫她們起床；老婆這才卸下「媽媽鐘」的腳色。

回想老婆擔任「媽媽鐘」的歲月，時常是自己已經打理好，才到孩子的臥室，利用自己的體溫去溫暖孩子的身體，在加上言語上的「輕呼慢喚」，直到孩子醒來，還跟她們聊一下天，培養起床的心情，也讓孩子在床上伸伸懶腰，自己願意的起床漱洗、吃早餐。這時，起床音樂也響起，感覺每天早晨有音樂旋律陪伴，讓心情飛揚起來，過一天幸福的開始。

我退休的第一年，時常因壓力難以紓解，早上常睡得不省人事。老婆又重做起「媽媽鐘」的腳色。

通常是在臉上獻來一個吻，聞到老婆臉上的水粉味，才甦醒過來；但我還會賴在床上不願下床，她便掀起我的棉被或毯子，整個身子倚靠過來躺在我身旁，親密的撫摸著我的臉。有時候，我因自覺睡眠不足，還想再睡，她就談起話來，幾分鐘之後，讓我不得不起床。雖然在心裡有點氣她，但表面上我只能保持紳士風度，要感謝她讓我早起，過比較正常的生活；這才感覺其實早起也沒甚麼不好。

也讓我想起母親在我們就讀國小時，輕聲細語的呼喊家裡幾位小孩起床的情景，那溫暖的母愛、溫馨的慈母情，總是讓長年在外工作飄泊的心靈，充滿感動和滿滿的幸福……。

（二〇一七、七、二十，人間福報家庭版）

老婆的魚鱗凍

今年以來，老婆瘋狂地烹煮養生魚鱗凍。它，事實上是現在火紅的、健康的膠原蛋白。對一般的家庭主婦而言，到市場採買魚類是最通常不過了，但通常都把處理魚的工作交由魚販，魚販就把被一般人視為無用的魚鱗給丟了。

早在一兩年前，遠嫁桃園的二姊，時常請魚販留下各種魚鱗，清洗乾淨，加水煮開後，用文火熬煮三小時，再加入新鮮現壓的檸檬一顆，去除魚腥味，也增加一些維他命成分。二姊每次返回雲林娘家，都帶回幾大罐魚鱗凍，供老爸和家人食用。並且告訴我們，她煮魚鱗凍很辛苦，希望我們能好好食用，不要浪費她的心血。

那次，二姊回娘家，告訴我們她烹煮魚鱗凍的祕辛。原來是有朋友看到二姊夫的坐骨神經痛，便帶一些魚鱗凍給他食用，經過兩個多月，竟然減緩了痛楚；朋友才告訴她這是天然的膠原蛋白，是魚鱗烹煮而成的，很有營養價值。

我大哥也告訴我，雲林口湖鄉是臺灣鯛的盛產地；鯛魚經過處理後留下不少的魚鱗，有廠商將魚鱗加工，成為現在市面上火紅的食用膠原蛋白和面膜，帶來另類的臺灣奇蹟。

前些日子，我透過電話跟二姊請教如何製作魚鱗凍。老婆也透過網路得到不少資訊，發現營養學家的研究，魚鱗湯可以預防心血管、骨質疏鬆症與骨折等疾病。此外，它還含有豐富的蛋白質、脂肪和維生素，以及鐵、鋅、鈣和多種人體必需的微量營養素，鈣、磷的含量也很高。

因此，除了跟魚販買魚之外，她也免費送給我們魚鱗。我將它冷凍起來儲存，等約十包的數量，老婆將魚鱗解凍、仔細清洗，加入檸檬汁烹煮、去渣之後，用文火煮十分鐘，放進紅棗及枸杞。熄火後放涼，再將汁液倒入容器中冷藏；冷凝成膠凍狀後食用，就是絕佳的天然養生食品。

當我將魚鱗凍送給父親吃前，再加入一些蜂蜜，成為特殊的保健食品。每天我和家人吃得笑口常開。老婆將愛傳送給岳母、阿姨、國中的恩師和好同學，對於他們手痠腳麻等毛病，果真有所改善，讓老婆得到不少成就感，因而樂此不疲。

（二〇一六、八、二十二，中華日報副刊）

有殼，真好

妻在書房的一角，一面排著女兒小安的積木，一面問我，何時自己也能買一塊地，蓋屬於自己的房子？我無言以對。我們返鄉工作後便居住在老家——這是父母親一生奮鬥的結果，我覺得已經算舒服了，何必再大費周章買地建屋？看著妻以雙手排成一座城堡，她似乎頗滿意自己的作品；可惜不是一幢可以居住的房子。

回憶當初旅居國境之北，只是單身一人，並沒有買房子的打算，到處租房子，如逐水草而居的游牧民族，但日子過得健康且心安理得。眼看許多同學、朋友，不論是單身或已婚，無不買一間可以蝸居的殼。當年的價錢從七、八十萬到兩百多萬都有。手頭不寬裕的我，從沒想要從雙親的手中借些錢在大臺北買間房子。經過幾年光景，已很難再買到兩、三百萬的房子；因為不論多舊的房子，一漲就是五、六倍，民眾難以擺脫「無殼族」的身分。

記得那一年，無殼蝸牛團結組織發起人呂幸長，在臺灣師大的綜合大樓召開成立大會時，我也是在場人士之一，後來也協助該組織，站在板橋區繁華的中山路十字街口，發傳單給過往的行人、汽機車駕駛人；他們利用紅燈暫停的空檔快速看過，有的還豎起大拇指讚許一番。

記得那一天九月二十八日夜，許多無殼族夜宿忠孝東路，成為全國新聞媒體矚目的焦點，無殼族的訴求燃燒到最高點。雖然如此，也沒讓房價下跌，幾年來，無殼族仍然難有一屋可棲，苦不堪言。

搬家最辛苦，要整理雜物裝箱，許多東西都是平日買來的，棄之覺得可惜，留著又佔地方，一顆心常處在兩難掙扎中。在臺北城，我搬了四次家。第一次住在學校日本式老舊宿舍，全是木板屋，晚上得與蟑螂搏鬥，其他如蛇、蟲也常出沒。廚、廁、衛浴更是克難，這個三十多年的老建築，各種建材都快腐朽。然而，我一住竟也三、四年。雖然不是住得很理想、很舒適，但在那偏僻的山區小學校，校外租屋頗不方便，就近住校，的確解決我不少居住的問題。

又過了四年，我因為認識師專校友慶龍兄，在板橋市任教的五年歲月，就賃居在他家加蓋的的頂樓上。因著同學的關係，他只象徵性的向我拿些房租，讓我感激莫名。在板橋任教的那幾年，幸好有這位同學；否則，可能所賺的薪水都付房租去了。

要結婚時，與妻最煩惱的是婚後何處可以租到房子？連學校的同事、媒人也一起協助尋找。最後終於找到頂樓加蓋的房子，與一位同事合租，我們各付五千的月租，總算解決住的問題，但仍隨時要有搬家的打算。

最後一站，落腳在臺北市延平北路五段附近，我老婆的姑丈家；過重陽橋就到學校了，交通非常方便，生活也有些無憂無愁之感。可惜成家有了孩子後，時常念著家中雙老，盼望過年、過節能返家團圓；無奈回一趟雲林崙背老家，來回要十幾個小時，加上一大包的行李，旅途異常勞頓。每次年節返家，得事先排隊幾小時買火車票，回臺北也要提前到離家約一小時車程的斗六或斗南火車站買票，勞師動眾，又心急如焚。上火車當天，雖有座位，但時常動彈不得，連要起身「方便」也擠得寸步難行；每一次返家，就是一次受罪之旅……。

為了長久之計，只好出走臺北，請調回到雲林的故居；一方面解決鄉思以及交通來回不便之苦，一方面想也該回家了。臺北固然繁華、熱鬧，但畢竟只是客居。如今，我是歸人：回到家，可以做想做的事，把心定下來，重新出發。

雖然老家並不寬敞，但已足夠居住，何況我們已有棲身之所，比起那些寒流來襲仍無處可去的人，我們實在太幸福了。有殼，真好！

（二〇一三、四、十七，馬祖日報鄉土文學副刊）

我出我送

從就讀師專時期開始，就加入寫作的行列，一轉眼已四十多年了。因為恩師林政華教授的潤稿，可以讓一些讀者分享我生命中的諸多感動。

一九九〇年，我出版第一本書『人在千山外』（漢清版），該書因為學生家長陳新川先生的引薦而能出書，分送我任職的板橋埔墘國小全校教職員工兩百多本，引起諸多回響。接著『慈濟因緣』（頂淵版，一九九二）、『最初的感動』（頂淵，一九九三）、『心靈的迴聲』（頂淵，一九九三）等數書，皆在校內進行義賣活動，所得款七萬多元全數捐助慈善團體。

幸運的是『慈濟因緣』、『溫柔相待』曾獲行政院新聞局推介為第十一次（一九九三年）、第十四次（一九九六年）中小學生優良課外讀物。

請調回雲林故鄉後，又出版『歸園田居訴衷情』（德威版，二〇一一年）、『生活小確幸——重拾在塵世裡的真珠』（德威版，二〇一五）。我將這兩本書與過去的存書分送給一些圖書館、親朋好友、教育界的夥伴，還有自己所任職的學校師生做為課外讀物。

基於偏鄉學校的弱勢學生需要照顧，將過去出版的數本書在學校的運動會義賣，家長來賓及媒體的發聲；募得十多萬元，讓學校的老師不再因學生繳不出學雜費而需代墊經費。

如今，一路走來的諸多教學點滴，與心靈所感的生活故事，要再結集出版『生活裡免費的美好滋味』（菁品版，二〇一五）、『恰到好處的幸福——奔跑在生活的桃花源』（菁品版，二〇一六）二書，與人分享文字中的經驗與智慧。

（二〇一五、二、六，人間福報論壇版）

春晚響起了笛聲

晚飯後，八點多，寧靜的農村春日，老婆按弄著直笛，一首「西湖春」（詞：江濤），一曲「綠島小夜曲」，迴盪在書房中。我微閉雙眼，仔細聆聽，回味著曲中的諸多意境，彷彿又回到遙遠的年代：四十年前師專紅樓就讀的青澀歲月。

在北師的優美學園裡，每到傍晚，彩霞映著古色古香的紅樓旁。國樂社的學長們，總是人手一笛，分散在校園的一角隨意吹奏樂曲。而其中的：

「春風吹春燕歸，桃杏多嬌媚，儂把舵來郎搖槳，劃破西湖水……。」

最讓我陶醉，陶醉在迷人的春風裡；美妙的歌詞、熟悉的旋律，有一份年輕的浪漫情思蕩漾而來。讓我百聽不厭。

幾天前的夜晚，我們夫妻散步在村道和田間小路中，我持根柺杖，而老婆手持直笛，隨興吹奏。幾首熟稔的歌曲隨著春日的夜風飄動著，悠悠的傾訴情衷，仿若跟我訴說人間許多的故事，讓我的身心有一份美好的感受。

老婆的這首「今宵多珍重」，讓我再回到從前。

「南風吻臉輕輕，飄過來花香濃。南風吻臉輕輕，星已稀月迷濛……。」

上過成功嶺的大專集訓，每天夜裡十點，我們會聽到這首歌；歌曲播完，甜美的女嗓音就會透過廣播，告訴我們一天的訓練已盡，休息就寢吧！燈熄了，大家雖然靜躺在木板床上，卻依然毫無睡意，每人的思潮正洶湧著呢！

「風吹著我像流雲一般，孤單的我也只好去流浪，帶著我心愛的吉他，和一朵黃色的野菊花…。」

當年的「愛之旅」，讓許多年輕的心拎著包包遠赴他鄉外里，去到那遙遠、不知名的地方，去尋求理想的美夢。

在散步的小徑中，老婆迷人的笛聲，聲聲呼喚著我過往年輕飄泊的心，別有所感。

今年年後不久，老婆參加畢業三十一年的同學會，每人都要展現一手才藝。老婆就是選擇吹奏笛子，時常找時間練習。在我們路過台東的杉原海洋魚類生態保護區時，老婆說要吹奏一曲給廣闊的大海聽，海中有魚，不必囉「說」。她愉悅的與海潮一起演奏東海岸的交響曲，聽起來令人心曠神怡。那是一幕美麗的風景，至今依然深藏在我心中。

我很佩服老婆的用心，她頗能運用零碎的時間，一有空檔，就拿出直笛吹奏一番。有心，就有美好的成績，點點滴滴的累積；也添增生活中的許多美好的情趣，在春日的夜晚裡。

（二〇一七、四、二十一，中華日報副刊）

「育音假」的由來

小學校長的老婆，校務經營忙碌，為了紓解壓力，提升自己的美感情懷，她學過了不少樂器，有古琴、二胡和古箏等等。天真的她，還加購了旅行箏，想要在出遊或回娘家時多多練習和演奏，以免荒廢了學習。記憶裡，她興致勃勃買的旅行箏好像只在回娘家時彈奏了一次。

她剛開始學習時興致昂揚，每天下班回來，不玩電腦和手機，總是花很多時間在這些樂器的練習上；因此，書房總是洋溢著這些練習曲，叮叮咚咚，伊伊嗚嗚的，未成曲調先有情，讓聽聞者別有一番風味在其心中。

有一天夜晚，她自覺白天忙得很累，無法練習古箏；我告訴她，輕鬆學習比較重要，何必自討苦吃？如被壓力壓垮，不是自找麻煩嗎？她聽從我的建議向老師請假。過了不久，她對著手機的畫面狂笑不已，我說：「中猴？（臺語）」等到她笑夠了，一會兒才跟我說，老師告訴她，那就放「育嬰假」好了；我想老師是不是剛有小嬰孩，所以兩人剛好可以一起放假。

老婆把手機的line訊息拿給我看。原來此假非彼假，是陳老師自創的新名詞：

「育音假」。老師願意給年將半百的老婆有個台階下，解釋說是：「孕育音樂的假」。這真是天大美好的假，這讓我們笑翻了，老婆也寬心了不少。

陳老師是一個位非常溫柔可愛、氣質高雅、慈悲善良的年輕人，學藝頗精，才從台藝大畢業不久。她每次上課總是對老婆非常有愛心和耐心，時常正向鼓勵她，使她在學琴的過程中充滿信心，以為自己仍是可造之材，才沒有變成中輟生。有二個女兒的老婆沒放過「育嬰假」，這次卻歡天喜地的享受到老師給的「育音假」。

（二〇一六、九、八，中華日報副刊）

與古箏的第一類接觸

老婆學習古箏已有數年，放古箏的位置也搬來搬去：每當她將古箏從臥房搬到書房，再搬到瑜伽練習教室；彈奏的箏音四處流洩，也充滿在老家的三合院落中。

某天黃昏，她兀自在庭院中演奏，絃音迴盪在三合院周圍，應和著啁啾鳥鳴與蟲吟，成為一首美好的春日交響曲；我也隨之沉醉在暮色中，頗有一種浪漫的情懷。這些日子，在一曲曲的箏音圍繞中，引起我不少興致；但，我總覺得彈古箏是門專業，學生時期練過的音階又早已忘光，根本不知道該如何學起。

老婆曾多次演奏《笑傲江湖》中的〈滄海一聲笑〉，讓我留下深刻的印象。這首由黃霑所作的詞曲，時常在YouTube聽到黃霑、羅大佑和徐克三位所合唱的，讓人能感受那股豪放不羈，開懷大笑的氛圍；人生的許多紛紛擾擾因而退散。

某個週末，老婆說想帶旅行箏（方便攜帶的一種箏型）回娘家練習。那是她的第二把古箏，是幾年前她極投入學習時購置的，但近年常束諸高閣。岳母家在山上，我算客人，回岳家，常是飽食終日，無所事事。那天清晨看到老婆的古箏橫擺在客廳，我不禁手癢，用指尖隨意撥弄起來。清脆悅耳的箏音，叮叮咚咚流洩在客廳中，未成曲調先有情，讓我的精神隨之大振。

專科時選修「美勞」；卻因為個性拘泥，手又不靈巧，舉凡動手做的結繩、工藝創作、音樂彈奏等等，我都視為畏途。老婆說，我就是害怕失敗才不敢輕易嘗試。這是成長與學習的致命傷，導致我許多的興趣沒能培養起來。人過中年，臉皮厚了，體悟到放寬心，生活才會充滿活力；所以，當老婆聞聲而來下起指導棋，我也認真地聽講。

隨著老婆教導的指法，我記住了撥絃的位置，

「滄海笑，滔滔兩岸潮，浮沉隨浪記今朝。蒼天笑，紛紛世上潮，誰負誰勝出天知曉……。」

一時彈奏的旋律終於成調，我不禁隨口吟唱起來。在旁看電視的岳母也鼓勵我：「彈得不錯嘛！」老婆並大讚我有音樂細胞，讓我產生些許信心。

雖然目前我只學會歌曲的第一小節，對我而言卻是極大的進步，我相信，只要每天堅持練箏半小時，總有一天定能完整奏出〈滄海一聲笑〉！

（二〇一七、六、十二，聯合報家庭版）

環島夢，再夢

結婚二十五年了，總是想有天夫妻能完成環臺灣全島國的夢想。如今，機緣成

熟，我開車，老妻負責手機衛星導航，加上事前資料的蒐集及規畫、訂餐廳旅店，甚為辛苦。但我們也抱著自由行的心態，走到哪裡，玩賞到哪裡；能親臨踏查臺灣這塊土地，心中充滿無限的期待與想像。

七月一日夏天伊始，我們啟程直驅國境之南——屏東，受到小唐的老公招待到『動手做咖啡館』，吹冷氣、喝咖啡、吃鳳梨酥。還有遊逛屏東名勝古蹟。

次日，從南迴公路一路向台東挺進。在車上看風景，看著綺麗的東臺灣，還有湛藍的海天一色，心胸都開闊起來。白天隨走隨停，泡茶、吃水果，隨意瀏覽沿途風景。在玉里附近，看到正忙碌採收的稻穀收割機。下車，喝喝冰涼的椰子水。夜晚，在旅店泡溫泉。我們遊走在城鄉中，品味在地小吃美食，喝久未品嚐的豬血湯。到了花蓮，吃特產麻糬，在光復糖廠吃紅豆牛奶冰……。車子開上了一邊懸崖一邊大海的蘇花公路，到宜蘭，沿途停看美麗的海岸。隔日拜訪著名的『傳統藝術中心』，看到許多創意的產品，似乎也看到了國家未來的希望…。

當我和老婆把車子停在老家三合院的那一刻，鬆了一口氣，全身舒爽起來，也對環島旅行夢想成真，感到欣喜萬分。

這趟旅程已很盡興，繞臺一周，超過一千公里路，但依然趕路的時間多；我們未來將再夢想，再規畫更深度的環島遊。

（二〇一七、九、十七，自由時報家庭親子版）

鴛鴦游樂悠悠

酷熱難耐的午後，游泳池成為我的逍遙池。雖然一趟車程要花半小時以上，但對我而言卻是非去不可；因為經過兩、三個月泳池的洗禮，消暑又得到運動健康的效果，每次游完泳都有一次舒暢美好的感受。

游泳不但改善我多年的睡眠障礙，也增強不少心肺機能。每次要花費近三小時，但在泳池中悠游，可以放空，也可以回憶往事或計畫未來，都是難得的享受。

老婆看我從游泳中改變不少、獲得不少好處，也跟我投入游泳的行列。我買年票；她買月票，說要試游看看。原本她只會蛙泳，後來也嘗試捷式。雖然她剛開始不太會換氣，手腳不能協調；但日久之後，也能體會如何游，游出省力又有節奏的姿勢。每次看到她高興的說：如果能天天到泳池報到多好！尤其當有人說她最近氣色不錯，她就更得意地與人分享游泳的樂趣與和益處。

我事先真想不到老婆會跟我到泳池，因為老婆怕她整燙的一頭美髮遭殃。平時她又不喜歡戲水；從老家到泳池來回一小時多的車程，說實在的，在過去會覺得太浪費時間。但，畢竟我們都已到中年，健康才是最重要的。

夫妻在同車的路途中，除了有美好音樂陪伴之外，還能分享彼此一天的工作或生活心得，暢談內心的感受，添增夫妻的感情，確實是生活中很難得的談心時間。游泳除了健身之外，竟有這些意想不到的收穫，果真是一舉數得！

（二〇一七、十一、二十七，自由時報家庭親子版）

「著急人」

女兒就讀虎尾高中，學校近年來推展德語特色課程，深獲同學的喜愛。因為老師宣佈高雄第一科大應用德語系合唱比賽的消息，鼓勵她們參加，使得不少同學躍躍欲試。班上終於在女兒的召集下組成合唱團，共有十二位參加。從六月成軍之後，除了利用平日課餘到音樂教室練唱之外，還利用週休二日的上午到校勤奮練習，希望能一舉成名，為學校打打知名度。

剛開始的練唱，每個人都興致勃勃，但一直持續熱情的卻越來越少。尤其暑假開始集訓，每次到場練習的人數不一，女兒總是苦口婆心的交代她們回家要自行練習。有一次，女兒被大家放鴿子，我在猜應該是女兒自己記錯集訓時間；不過，她回辯說：那天有人真的忘記，有人有事情走不開，有人睡晚了沒去；所以只有女兒一人到場，使她傻眼。那一次，我們從學校載她返家，她一上車就談起合唱團員練唱的點點滴滴，愈說愈生氣，她說有人不常出場練習，回家又沒有練唱，就快要比賽了卻還不熟練！越談越激動，終至一把鼻涕一把眼淚；哭喪著臉訴說一個多月來練合唱的心酸，幾乎用掉半包衛生紙。

我們雖有同感，也站在女兒這條陣線，可是我們又不能表現出女兒全對的作為，只好安慰她說：「那麼大了還哭？真像個長不大的孩子……」。她說：「在學校有人看不好意思哭，在家才敢放心哭…。」妻子也撫慰天真的她說，妳要高興同學們在課業繁忙之中踴躍參加練唱，已經很不容易，要體諒同學都有不同的困難，所以不要給自己太多壓力。得名與否並不重要，能在參與的過程中獲得經驗和成長，比較重要。

女兒過了暑假就升二年級，她趁著課業尚不繁忙的時候加入合唱團，我們也希望她多元發展。然而，天生認真，雞婆兼管家個性的她，一手擔任召集人及指揮的角色，上網路找音樂來當伴奏。平日每天課餘練唱，除了要求自己外，也會嚴格要求別人遵守，所以難免落得情緒受傷。我們只得教育女兒說：「妳比別人有能力和耐性，所以擔任指揮和召集人；但召集人有時會變成『著急』人，因為總是要為一些同學的狀況費心。但，從中可以學習體驗到課本以外的東西，妳會獲得比較多⋯⋯」，女兒這才逐漸釋懷。

比賽當天，妻早晨四點多就起床，從崙背開車載她費了四十多分鐘才抵達斗南車站，趕搭區間火車到高雄，趕上九點學校的開幕式。她們忙了一天，返回雲林斗南。我又從斗南載她回家，已近晚上九點鐘。

她興致勃勃的訴說比賽的種種，台上三分鐘的比賽，唱著德語 Auf flugeln des gesanges (乘著歌聲的翅膀)，終獲四位教授的肯定，榮獲第一名。當天共有全國六所高中參與，女兒興奮又得意的說，辛苦終有代價！召集人終於完成使命。從此不再為團員的練唱「著急」，可以放心的進行她另一次的活動了。

（二〇一六、七、二十，馬祖日報鄉土文學副刊）

孝女買書老爸讀

大女兒恬安大學讀藝術與設計系的設計組，又偏愛攝影，大學畢業之前，還在校外舉辦攝影展，所以她偏愛稀奇古怪的設計和攝影叢書。

她也熱愛文學，舉凡詩、散文、小說，只要是名人的或新書，只要是奇特的設計、手工書；造型新奇的、在網路發現到的國內外期刊、雜誌等等，都是她搜尋網購的對象。

畢業時她搬離租屋處，除了一些雜物外，我們載的是一車滿滿她買的書。利用閒暇，走到她的臥室兼書房，一盒盒小紙箱內的東西都是書，讓我大開眼界。只是不曉得她是買書狂？還是看書狂？

她大學時離家在外，都是外食，我們夫妻為了希望她照顧好身體，對於金錢，幾乎無限制；沒想到，她把這些錢都買書去了。當然，我並未責怪她，何況買書看書是好事，只是擔心她會捨不得吃營養一點的，怕弱不禁風的她，無法應付繁重的課業。所幸，一切都過去了，也順利畢業了。

這些天看著她整理的書櫃，有不少是在副刊及網路介紹的名家，例如：陳克華『老靈魂筆記』、小百合『小百合今天也要堅強啊！』，日人太宰治『離人和葉櫻與魔笛』，幾米『微笑的魚』、韓良憶『只要不忘就好』，……。有的甚至還沒拆封。上百本的新書，加上過去所買的，滿滿數個書櫃，讓我目不暇給、眼花撩亂。

每當女兒看到我在看她所購買的書，心情特別愉快，認為她很有文學的涵養和眼光，能買到這些我樂讀的書。在這個3C發達的時代，真佩服女兒願意與書為伍，捧起紙本書好好的讀。女兒啊！老爸真是服了妳！

小妮子的拿手蛋糕

自己的生日自己慶祝；小女兒儀安生日那天，下午開始就忙著準備製作「生日蛋糕」。她認為自己的「生日蛋糕」自己做，才別具意義，她很得意的說。

她在國小三、四年級就對製作小餅乾和點心很有興趣，一直持續到現在。除了上書店購買製作糕餅食譜的書籍之外，隨時上網去蒐集製作點心蛋糕的資訊。我覺得很麻煩，可是熟能生巧的她，卻樂在其中，在體驗中學習技術。一次次的，我們都是她的試吃官，總是給她滿滿的鼓勵，所以也讓她沉醉在自我的成就感之中，覺得滿滿的幸福，樂此不疲。

有幾次，她的同學和朋友來到家裡與她學習舞蹈；課後和她一起製作點心，大家吃得津津有味，度過美好的假日。還記得學校校慶園遊會，她自告奮勇的回家製作點心美食，烹煮紅豆湯。次日一大早，要我從崙背載她到虎尾的學校；我雖然有些抱怨，可是因為她時常熱心班上公益的精神，讓我感動得也想要幫忙她。事後，據她說紅豆湯賣光光，而美食不到兩小時銷售一空，贏得滿堂彩；連班上同學要品嚐也沒留下，還怪自己沒多做一些。

到大阿姨家，她事先電話通知阿姨，要製作蛋糕，為阿姨慶生。自己不嫌麻煩的從雲林崙背搭客運車到桃園中壢，隨身大包小包的工具和材料帶上車。……吃得她阿姨全家笑呵呵；她還放蛋糕美照在臉書上，贏得許多親朋好友的讚歎。

這次上臺北唸書，念念不忘那些在臉書上幫忙她上大學的學長，說要做點心請他們；因為是限量，所以我們兩夫妻也沒吃到。自己一個人在廚房忙，用電子秤秤量、打蛋器打蛋、攪麵粉等等，看起來很專業，用家中的老舊烤箱烤了多次才完成。自己購買精美的套袋，一個個裝起來，看起來很好吃，很有fu。

寫到這兒，讓我想念這小妮子，不知剛上大學就擔任班代的她，新鮮人生活過得如何？

記得開學前她的生日當天，我出門在外，接到小女兒的來電，要購買製作蛋糕的材料：雞蛋、麵粉、糖粉、冷凍奶油等等，我一一照辦。晚上飯後不久，全家人聚集在客廳，她端出了自己用心製作的蛋糕。在奶油蛋糕上還鋪了一層黃澄澄的芒果切片，我也覺得特別。

她的阿公、阿伯、姊姊、我們夫妻等人，與小妮子一起圍唱不同語言的生日快樂歌。她蛋糕切給阿公，阿公笑容滿面的鼓勵她。她也切給大家享用，老婆忙著為我們一一拍照，留下愉快美好的回憶。放上臉書，得到許多的留言鼓勵，稱讚我家的小妮子真有才華！這些點點滴滴留在我的記憶裏，也留在小妮子的少女時代。

（二〇一六、一、十，聯合報家庭版）

舞出一片天

小女兒出國那天，在虎尾把她送上往桃園國際機場的遊覽車之後，我們夫妻終於鬆了一口氣，連日來的辛苦，總算有了結果。尤其暑熱期間，她參加舞團出國前的團練，早早出門，很晚才由我們去載她回來，很需要勇氣與毅力的堅持，才能如願出國表演。

我們載她到指定的地點集合之後，舞團的大姐姐還要她們把數套舞衣拿出來清點，唯恐沒有帶齊全。經過幾番的說明與安排，各人行李及舞團的樂器及道具一一上車，把整部遊覽車擠得滿滿滿。從國小畢業的那一年起，她每年暑假都參加舞團及遊學團，到國外增長見識。今年已是第三次；不同於以往的是，今年沒有家人陪伴。對她而言，一個多月的舞團表演生活，考驗她的意志力與體力，也是面對未來成長的一種挑戰。「以舞外交，濁水溪舞團赴歐公演」，臨行前在雲林布袋戲館亮相，刊載在地方新聞報紙頭版頭，我們與有榮焉。

小女兒從幼稚園跟隨王淑媚老師習舞，另外，吳讚佩、林柏宏、林莞婷老師等，都是她的授業恩師，陪她一路走來，竟也超過十年了。十年習舞的過程是相當漫長與辛苦，不但孩子要喜歡、有興趣，家長的陪伴也很重要；每次採排及公演，我門夫妻幾乎都要撥出時間專車接送、陪伴。這固然辛苦，但也看到她滿足喜悅的隨著舞團成長，找到她學業之外的人生真舞台。

希望小女兒將來也能舞出一片天，我們一家人都支持，也祝福她。

放妳單飛

小女兒年滿十八歲，就興沖沖的去駕訓班學駕駛，果然如願考得駕照。在臺灣交通複雜的狀況下，許多人雖有駕照卻不敢上路，因為馬路狀況多，有如虎口。

原本我對孩子的教育就沒甚麼耐心，是採無為而治的方式，靠的是妻子的用心栽培，與孩子們的自動自發；所以，當要陪伴在孩子旁邊指導道路駕駛時，我就視為苦差事。然而老婆要上班，孩子也只有靠尚未上大學的空檔，去學習道路駕駛。我只好硬著頭皮，咬緊牙根上路。

陪著小女兒道路駕駛的前幾次，心臟的確要夠強，我想這應該是許多人陪伴道路駕駛的經驗。我告訴女兒說，要開車時，首先要把駕駛座的位置調整好，注意車內的後視鏡及左右車鏡的高度。緊接著要學著隨時注意四周的路況；提醒她轉彎時，一定要在二十多公尺前先打方向燈，並且要放慢速度⋯⋯。

第一次，當她平安抵達家中車庫時，我終於放下心上那塊大石頭，自認指導道路駕駛非常滿意，也有點自我陶醉。沒想到，她一下車就跟老婆抱怨說，我一路講話，很嚕嗦，她要聽我的話，又得注意前後左右路況，根本無法專心開車，讓她好緊張，不知如何是好⋯⋯。天可憐見，我只是在路途行進中，解釋該注意的狀況如何應變處理、速度快慢的掌握等等，希望在複雜的交通狀況下也能安全的行駛。

連續幾天，我去鎮上購物，以及上田去農作，我都要女兒開車帶我去。經過幾次的道路駕駛，女兒順手很多。有了幾次的駕駛經驗，我只在一旁觀察，除非情況危急，否則儘量少叮嚀，不再去干擾她。

小女兒開車近十天，就獨自開車去三公里外的國中與同學打球運動，也敢開車到田間的小農路去熟悉環境，讓我由原先的擔心到放心；這一段時間真是煎熬！

一位好友說，要狠得下心放孩子們獨行；也唯有如此，他們才能學會開車。在求學及就業的人生路上，也是如此；否則，生命是無法成長茁壯。

是的，小女兒：放手放妳單飛，要專心的開好妳的車；更祈願妳能安全平安的行駛在人生道上……。

（二〇一五、十一、七，中華日報副刊）

我們永遠都是一家人

時常在臉書上看到這句話：「父母在，兄弟姊妹是一家人；如果雙親都不在了，兄弟姊妹就是親戚。」初見這話，感到非常訝異！對一些人而言是這樣，但對我們家而言，兄弟姊妹永遠都是一家人啊！

長姊如母；大姊對待我們這些弟妹，從她小時候便隨父母從事辛苦的農務，還要照顧我們這些弟妹。及長，她更是隨父親東奔西跑的打零工賺錢養家。後來，外嫁異地，離娘家才四公里，更是不忘娘家，時常與大姊夫機車一騎，好吃的、好穿的，都是雙親及家人為先。自家田地種的蔬菜，買的水果、糕餅，新鮮的魚肉等等，時常是限時專送到娘家。

而談起二姊、三姊和四姊，自從她們出嫁後，每次從桃園、中壢回到雲林娘家，除了探望雙親外，都是大包小包的東西往家裡運送，讓我們兩大冰箱老是冰不下。二姊滷豬腳、醃嫩薑、做泡菜，堪稱技藝一流；總記得要拿幾包回來孝敬父母親。豬雞鴨、香腸，各種魚肉一包包……；和二姊夫栽種幾分地的有機玉米、高麗菜、胡瓜、空心菜、茄子、四季豆，冬瓜等，又肥又大。每次回來都還分送叔、伯及堂兄、堂姊們。她們沒空回娘家，也託在中壢的三姊夫或四姊夫搬運回來。又常替雙親買衣服，也為我們兄弟及妹妹們置新裝，買化妝品、生活日用品等等。那份濃密的愛家之情，深深地觸動我的心靈。

三姊夫回來最高興的就是老爸，有人陪伴下棋；他們倆從白天廝殺到晚上，直到快就寢才罷休。三姊夫從建築業退休後，孜孜矻矻的每天耕耘山林，專心一意的栽種蔬果。每次隨著季節，我們常吃到苦瓜、絲瓜、竹筍、胡瓜、大小黃瓜、冬瓜、柚子、薑，山藥、芭蕉、香蕉等等，真是琳瑯滿目；而且還都是有機栽培。三姊返回娘家，一定把他們的轎車塞得滿滿的，像貨車。

論廚藝，最拿手的該數四姊夫。每次回來，在地的大溪名產豆腐乳、醬油，從他的車上搬下來，親自製作百吃不膩的二、三十盒肉燥、花生麵筋、滷豆干、素梅干、梅干扣肉、辣味高麗菜……，應有盡有，讓我們大開眼界，目不暇給。尤其是苦瓜、小黃瓜、大茼子等菜，都是一刀一刀的細切，所下的功夫和所費的時間，真是了得！尤其他們還又幫帶小外孫，哪有那麼多的空閒？但回來都是包子、肉粽、饅頭、油麵、麵包一大袋一大袋的採購，要給娘家十天半月不必上市場，真是用心良苦。

四姊常塞衣服給我們兄弟倆，熱情跟個性和二姊一樣。衣服是全新的，都謊說是誰穿不下，所以就拿回來，希望我們會喜歡……。塞、塞、塞，真的一言難盡！

四姊夫也把他們的轎車當貨車使用，把別人送給他們的鶯歌製作的藝術茶壺和杯子，一箱箱的搬回來，咖啡包、茶葉，甚至別人送給他的新書，都是轉送給我們。鳳梨、葡萄、木瓜、蘋果、梨子、柳丁和橘子，隨著季節的遞嬗，一箱箱的搬送到我們家。我知道他們的車子並不是特大的休旅車，能如此的運送，真不容易，有時候三個姊姊也會跟車回來，加上過夜的行李等，可說整車滿滿滿⋯⋯。

如今，家裡最小的五妹，每週返家，也替我們張羅米、蛋、豬肉、吐司、蛋糕、豆花等等，以及當季的有機水果，讓家人吃了甜蜜蜜。有時候她未返家，老爸還會特別點名，詢問她為何假日沒有回家？

五姊妹回到家，家裡特別熱鬧，他們除了和父母談天說笑之外，大哥、大嫂和老婆都和他們一起互動、交換生活經驗；唱唱卡拉OK，把客廳當作練歌場，你來我往，熱絡互動，把平日寧靜的老家炒熱起來，別有一番風情。感恩大哥、大嫂和老婆這數十年來，為了林家的付出和奉獻。

一家人愛的故事的點點滴滴，是書寫不盡的，所謂「紙短情長」。現在慈母雖然離開了我們，但父親在老家與我們兄弟家人同住，時常沉浸在一家人愛的氛圍中，更覺得今生有幸與四姊一兄一妹成為一家人，可真是緣分具足，充滿無限的幸福啊！

大姊夫倆恩重

我有四位姊姊，姊夫們都身懷絕招，在各個領域上發展一片天。每次他們陪著姊姊返家時，家裡總會帶來一陣陣溫馨和熱鬧。

大姊出嫁在離家四公里的鄰村，當年我尚就讀國小。如今數十年過去，大姊夫已是農業專家。這幾年，我開始學習務農，許多種稻專業知識，都跟隨大姊夫學習：從插秧之前的整地、尋找秧苗場，還有施肥、噴藥、割稻，乃至農會繳穀等許多訣竅，多是向大姊夫請益。他是我最佳的顧問，讓我每年的稻穀收成良好。

今年梅雨季，南部連續幾天的豪大雨，又是稻穗萌花時期，稻梗不能太潮濕，否則穀子成熟時容易倒伏。大姊夫冒著風雨前去巡稻田，協助排水，免去我奔波。

記得十幾年前，父親車禍手術住院開刀，不良於行，我們家人都要上班，所以麻煩姊夫照顧兩位老人家，尤其父親必須攙扶，才得以行走。那時，讓已過中年的大姊夫倍加辛勞。父親康復後，我們要拿點小酬勞，他一毛也不要，讓我們很感動。

每次有好吃、好用的東西，總帶來給老人家享用。知道兩老愛吃釋迦，不惜花錢買來；其他貴重的水果如：水蜜桃、葡萄、蘋果等，也常送到老人家的手中。甚至買了幾條魚來給我們加菜。

大姊夫和大姊一生務農，至今七十多歲了，依然穿梭在農田中幹活。他們種過水稻和許多蔬菜，都很成功，可說是農業達人。一到蔬果產季，我們家總會有吃不完的芹菜、綠花椰、蒜頭、花生、甘藷，和瓜果等，心中有說不出的幸福。

前些時候，九十多歲的父親，談起大姊夫一家過往的故事，幾乎淚流。他捨不得大姊在過去家中貧困，照顧我們幾位弟妹，還得協助爸爸處理農務，空閒時打零工賺錢養家；婚後，與姊夫依然照顧老家，讓我們一家子生活平順，可說是林家的大功臣。不禁要向他們表達那由衷的謝意。

（二〇一七、十二、十九，馬祖日報鄉土文學副刊）

粒粒蒜頭皆辛苦

大姊和姊夫這幾年來都栽種幾分地的蒜頭；清明過後正是盛產期，每年都會分享一大袋給我們。

如今，許多嘉南平原的農地也進入了採收期，我在臉書上看到大姊的兩個孩子，從北部帶著妻小特地返鄉協助採收和修剪蒜頭，並幫忙鋪曬，讓我很感動。

去年，颱風來襲幾次，蒜頭栽種後幾乎全部受災；原本成本不低的蒜頭就更雪上加霜，一台斤的蒜種要價百來元，一分地的成本就要好幾萬，真是貴森森，所以許多農人更不敢種植。

沒想到大姊依然咬牙忍貴的種了幾分地，如今總算有所收成。半個月前到市場買菜，我們夫妻向一位老農婦採購未曬乾且又很小顆的蒜頭，一台斤要價一百元；如今，大姊來電要送我們一大袋蒜頭，我當然樂得急忙驅車前去領取，一秤四十多斤，這在市場零售要三、四千元。雖然如此，大姊卻很慷慨地要送我們食用，讓我由衷感謝大姊一家人。當我看到稻埕上一粒粒飽滿碩大的成排蒜頭時，相當震撼。一旁的大姊坐在矮凳子上，正忙碌的修剪蒜頭的枯莖和鬚根，雖然我也下場拿剪刀剪了幾顆，但不久就腰痠了。

試看，從栽種一直到採收和販賣，要灌溉、施肥、噴藥，經過半年的時間，結蒜頭後，還要僱人採收、找貨運下田搬運、運送返家、修剪後再曝曬，再裝袋、秤重等等，都需要人工處理，這都是粗重的工作！如此想來，那一粒粒的蒜頭，哪一粒不是辛苦流汗得來的？看著大姊她勞碌佝僂的身影，讓我備加珍惜這一大袋得來不易的蒜頭。

（二〇一八、四、九，馬祖日報鄉土文學副刊）

像大姐頭的二姊

談起二姊，家人都肯定她的勤樸、認真、熱誠。嚴格說起來，她才是家中的老大姊；而原來的大姊是養女。她雖然常是一兩個月才回娘家，但每次回家，除了雞鴨魚肉、蔬菜、素料、肉粽等等，塞滿家中兩座冰箱外，還帶回來醃製的脆梅、嫩薑，自己種植的高麗菜、絲瓜、冬瓜、玉米、空心菜等等，還有幾大串的芭蕉……，讓我們省了不少菜錢和水果錢。還採購父母和家人的新衣；我的許多高檔衣服，有不少是她購買的。她廣結善緣，就連拿回家的東西和衣服，也會分送左右鄰居，很像聖誕老公公到處送禮物。

二姊信仰虔誠，每次回娘家，神桌上都擺滿她購買的各式各樣的水果，虔誠敬拜家中的神尊。她說在異鄉，如果遇到不如意事，都在那兒呼請家中的神尊協助，每次都能獲得圓滿解決；她津津樂道奇蹟的往事。

早期的她，跟著父親和村裡的插秧團和割稻團南征北討。後來，因桃園大湳人，希望介紹一位比較勤快的割稻姑娘，二姊夫相中二姊，因而下嫁北台灣。二姊與二姊夫在大湳菜市場販賣南北雜貨，靠著她對人的熱情和真誠，生意做得不錯，也結交了不少好友。

她把一家老小的生活照顧得很好。如今兒子各有婚姻、事業。早年，她因家境之故，國小未能就學。十幾年前，她進國中就讀夜間補校，識字成長，充實自己，還利用夜間去學游泳健身。如今的她已超過七十，依然那樣的有活力，不顯老態。

老家三合院屋後有十幾坪的菜園，都是二姊整地鬆土，灑種耕耘的園地。不論晴雨或嚴寒天氣，她總是一把鐮刀和鋤頭，除草、澆水、施肥，照料許多正在成長中的蔬菜。她時常購買高麗菜、茄子、綠花椰等的菜苗，以及如：紅蘿蔔、菾菜、大白菜、香菜、茼蒿等等的種籽，在整地後的菜圃灑種種植。她也在菜園旁的圍牆內種一排紅、白甘蔗。每次她回來，都替我們削甘蔗，讓我們一家人都有甜滋滋的甘蔗享用。她說，甘蔗是窮人的補品，早年爐灶內煮飯菜之餘，能燒烤甘蔗是很不錯的。我還記憶猶新的是，母親烤甘蔗；溫熱的甘蔗吃起來滋味特別不一樣。此外，她不時購買回來幾種她已經吃過而深具療效的藥草，把藥草與甘蔗一起烹煮，在藥草的苦味中有一股自然的清甜，是頗令家人喜歡的飲品。

在五〇年代，家貧，二姊就帶我們幾位小蘿蔔頭，在秋冬季節，有時在酷寒的西岸嘉南平原上，剛收成的田地上，撿拾落在泥土地上的花生和甘藷，都能滿載而歸。

她十七、八歲時，就到桃園中壢的工廠上班，賺錢貼補家用，供給我們兄弟妹的學費。她從不邀功或宣洩不滿、不快樂的情緒，總是面帶笑容，對人和善，頗得人緣。每次她一回家，家裡總充滿喜悅的笑聲，直到她回返。她伴我們一家人成長，給我們溫馨幸福的感受，一直到現在，她都是一位讓我尊崇的二姊。

（二〇一六、九、十九，金門日報文學副刊）

孝心按摩椅別有妙用

我有多年的睡眠障礙，遠遊或換床等諸多因素，常讓我感到長夜漫漫，甚為苦惱。

前些日子，二姊和二姊夫返鄉探親，隔天上午，有一部中型的卡車運來一大紙箱，幾位年輕人隨即將紙箱拆封，搬出龐然大物進了客廳，這才驚覺竟是一張按摩椅！二姊和二姊夫看著幾位年輕人流著汗，動作熟練的組裝按摩椅而微笑不語，讓我一陣錯愕。只見父親坐在一旁問著二姊：這是甚麼東西啊？二姊細心的解釋著，而我則找來老婆看看組裝完畢後如何使用？

這些年，走過大賣場形形色色的按摩椅，讓人看了眼花撩亂，也壓根兒不會想買。如今，因為二姊的大孝心，讓住在南部鄉下的父親和弟弟們可以享受這份奢侈品。二姊說：「買了按摩椅除了老爸能使用外，兄弟也可以使用，何況你們那麼辛苦的照顧老人家，用起來真的很不錯！」她的心意讓我們非常感動。

這幾個月來，每天早上八、九點，就看到父親在外傭扶持下快樂的使用按摩椅，他一臉幸福模樣，讓我對二姊一家人的付出很窩心。

這段時間，每天晚上十點後，上床睡覺前，我都會到客廳的按摩椅坐坐按摩一番。選擇元氣或舒眠，或伸展、輕鬆等項目，全身從脖子到腳底接受滾輪的按摩，身心感到特別舒暢。

每次坐上按摩椅，全身感到放鬆，白天的疲憊一掃而光。坐著按摩時，幾乎忘了今夕何夕，好幾次都快睡著了，上床後一夜好眠。沒想到這部按摩椅，竟然意外地改善了多年來的睡眠障礙，讓我覺得很不可思議！

（二〇一六、十二、一，聯合報健康版）

名副其實的「莊稼漢」

退休後的第三年，開始從事一甲多的農作；我從文弱書生學起粗重的農事，靠的是父親經驗的傳承，還有左鄰右舍和親朋好友的指導，他們都是我最佳顧問；因此，這幾年一路走來還算平順。這其中最大的助力，就是小我三歲的侄兒。

侄兒是我大堂兄的二兒子，為人豪爽熱情，充滿鄉野憨厚的樸實。從十多歲國中畢業後，就和他父親及祖父從事農耕，如今有將近三十年的經驗。他很樂意的指導我，讓我非常放心地向農耕之路邁進。

雖然從事田園工作後，舞文弄墨之際，我瀟灑的取筆名為「莊稼郎」，就是要以真正的「莊稼漢」為目標。但，我只是半吊子，侄兒他才是真正的「莊稼漢」，令我欽佩和感動。

十多年前，年近八十的父親有時農作忙不過來，就付工錢委請侄兒協助噴藥和施肥。當時他年輕力壯，結婚後剛生了孩子，在在都需要開銷，因此逐漸接受村里的老農噴藥和施肥的粗重工作。經過幾年，漸漸地打開知名度，因為他的工作細心不馬虎，又很值得信賴，如今已成為村里和鄰近村莊爭相僱用的專業施肥高手。

我從事農作常是「晴耕雨讀」，更多的時候避雨、躲太陽，並沒有天天到田裡巡視，因此難免疏忽該注意的細節。有些雖然只是細節，也會釀成災禍。有一次，東邊的那塊田剛整地好，正啟動馬達灌溉田水，我人就在西邊那塊田地除草，工作告一段落要返家，順道到東邊那塊田巡視時，才知道有人將馬達給關了！我正在氣惱不知誰多事之際，才發現原來田埂給老鼠鑽破了一個大洞，水並沒有灌進稻田裡，而是將許多泥土沖到排水溝中；老鼠洞附近儼然是一大片深凹的大沙洲。事後問起，才知道是侄兒施肥工作完畢，路過我的田，看到水都流到排水溝裡，替我關掉馬達的；否則，除了浪費水和電費之外，泥土流失、田埂沖毀，才是更嚴重的事。

還有幾次，梅雨和水災，雨水灌滿田園，他還特地冒雨到田裡將我的排水孔打開，讓水排掉，避免水稻因太久浸泡易得稻熱病。有時候，他路過我的田，總是打來電話跟我說，我的田地太乾，要灌溉了；或太濕要曬田、要噴藥、該施肥了，等等……。

我常從田間返家時，到他家詢問此時稻田該如何處理，他總是不厭其煩的一再叮嚀。我也將他告訴我的經驗談記錄起來，避免一再打擾他。但，農作知識經驗，雖有定律，卻因田地的個別差異、季節的更迭以及插秧的早晚、施肥噴藥和灌溉等，都有不同，所以雖然我經歷了三年，依然無法精通。

耕田的確需要有人專門的協助，我很感謝侄兒時常面授機宜。有時天氣太酷熱，幾天都沒到田裡一趟；而他施肥時，看到某些地段沒有補秧或除草，或稻梗整排被老鼠咬斷，需施藥防治，或田埂遭鼠輩鑽洞破壞、灌溉會漏水需修補等等，有不少事情都是他告訴我，我才知道去處理，讓我很感激。

侄兒夫妻總是很努力的工作，除了自己有幾分薄田需要照顧之外，仍在村里協助農人栽種蔬菜苗和收成等零工，把孩子教養得乖巧有禮；每次姪孫們碰到我，總是「叔公」、「叔公」的叫。又，每隔週三次載送媽媽就醫診療，協助洗澡和照顧，孝心令人感動。

我們家時常吃到他贈送的甘藷、高麗菜、美濃瓜、番茄、百香果、椰子等蔬果，而我只能回贈他給小孩看的書報、雜誌。這幾年來，我和侄兒在生活及農作的互動很多，對他的生活、經營家庭和工作態度了解很多。對我而言，他是我心目中真正出色的「莊稼漢」！

（二〇一六、一、二十五，金門日報文學副刊）

第二輯

真情深度回眸

墨鏡下的人生風景

幼少時環境困阨，但是思維卻是早熟的。有感於生命的有限，因此我學習老爸對生活認真堅持，永不懈怠的態度；像一隻狂奔的牛，一定要在今生今世留下一些雪泥鴻爪。然而，這種努力不懈的精神，卻不一定正確；因為我就是缺乏對自我生命的調養，忽略休養生息的重要，身體出現一些難以彌補的缺憾，尤其是視力提前老化！

五十歲之前的勇敢，曾讓我自傲，因為「青春無敵」，我哪聽得進去師長及父母殷切的叮囑呢。體驗，才能帶來生命深刻的成長；許多時候，相信自己走過的旅程才是真實。回首過往歲月，覺悟到青春無限美好，不論是買書閱讀，或吃喝玩樂，做甚麼都好。人生的每一階段，因為對時間的安排都非常重要，那將決定了自己的未來之路。

在生活上自足，自得其樂，常陶醉在自己的文字風景裡，備感幸福，不服老，也不知老之將至。尤其五十歲退休之後，認為海闊天空，可以為所欲為；正因為這樣的用眼過度，產生了黃斑部病變，白內障提早報到，真是悔不當初！

五十五之後，我的眼睛出現問題，出外常須戴墨鏡，才發現不少在戶外活動的中老年人幾乎每人一副墨鏡。原本注意「形象」的我，也不得不加入他們的行列。剛開始，的確有些不習慣，然而為自己的健康著想，無法再以清新的形象出現，也只好認了。

透過墨鏡觀看社會、世界的一景一物，視野不再刺眼，卻在心中蒙上一層淡淡的憂傷。雖然如此，我依然要以優游後半人生自期，不再執著於寫作；拿起畫筆，走出三合院的象牙塔書房，用不同的心境、不一樣的視野，重新認識我生命的原野；不再執著於攝影拍照，要用肉眼，用心眼，去接觸眼前的景物。走出臉書與LINE的網路世界，重新走向踏實的未來……。

（二〇一六、十二、十六，金門日報文學副刊）

與失明擦身過

在我五十五歲那年，發現身體快速走下坡，齒牙動搖，毫無預警的來了不速之客——飛蚊症與黃斑部病變！生活在偏僻的雲林鄉間，醫療資源缺乏，如果能得一良醫，那真是幸福啊！

我因為左眼不舒服去大小眼科診所就診，多次的診察，卻發現右眼比左眼嚴重，是始料不及的。剛開始，診所醫師都說是水晶體退化，才有飛蚊症以及輕微白內障，必須戴太陽眼鏡保護眼睛。這些症狀是對的，但點了眼藥水，左眼依然沒有改善，只得繼續再求診大醫院；結果都一樣，不禁讓人感到憂傷。

偶然的機會，經人介紹才到雲林彰基醫院眼科部就診。經眼科權威陳珊霓醫師及團隊測量視力之後，才發現右眼即使再多加近視鏡片，視力也沒有變好。經過眼底視網膜檢查、視網膜斷層掃描，原來是「黃斑部皺摺」。必須馬上動手術，否則日久，裂縫增大會造成視網膜剝離，將會失明！

在就診時，巧遇幾位朋友，竟都是黃斑部病變；其中一位竟有一眼視力已惡化到快失明的地步。

我思考，退休後的這幾年，一天超過四小時在電腦桌前，飛蚊症、白內障等提早報到。又不知不覺地造成黃斑部皺摺：看到許多直線物體開始扭曲變形，是因為長期接觸較多自由基光源及受輻射侵犯。

經過黃斑部病變手術後，視力雖已恢復正常；但因為水晶玻璃體受到破壞，經過半年多，逐漸產生白內障，只得又再經過一次手術，總算挽回了視力。想來，我還真是幸運啊！感謝專業的陳醫師！

（二〇一七、七、二十八，聯合報健康版）

五日生死經歷

幾乎每年的秋冬之交，大地逐漸蕭索之際，身子總要配合季節來一趟修行之旅。多年固定的生病日終於來了，整天都昏沉無力，只能靜躺在躺椅上，忽睡忽醒，忽夢似幻，生命突然都安靜了下來。關了手機和line，一切邀約都終止；不看書報、不寫作，紅塵的風雨和大地的喧譁，都靜止了，回歸到最純淨的自己。

心境狂亂的第一天，中午開始就沒胃口，一碗白稀飯、一小碟鹽巴和醬油，晚餐也免了，真省。老婆送我到崙背健全診所就醫，我將自己的狀況跟王醫生說了一遍，醫生親切微笑的告訴我：「人偶爾也要生病一下，對身體來說是好的。」他知道我已經很久沒有遭遇如此上吐下瀉的慘狀，外加全身乏力，所以如此安慰著我。

頭重腳輕的第二天，起床後有點昏沉，好似好幾天沒睡飽，症狀絲毫沒有減輕，精神恍惚。除了水，我謝絕其他食物入口。近午，逐漸好轉，午晚餐依然是鹽巴稀飯，整天與躺椅為伍，閉眼多，睜眼少，想得多，做得少，連屋後菜園和傍晚的散步慢跑，都免了，一切簡單。

以為好轉的第三天，沒想到，午餐貪吃了幾塊肉和一盤蔬菜，結果下場就是慘兮兮。傍晚，獨自上街找王醫生，醫生為我調整了藥，醫生說：「還沒好啊！」又親切地問候，真是醫者醫心，讓我感動。

家人都在上班上學，要對自己好一點，上了超市，買了半打的低鈉運動飲料，以補充電解質。買了配稀飯的兩小罐脆瓜和菜心；豐盛的晚餐啊，真是人間美味！人生不過是一碗稀飯和一小罐脆瓜。

平靜安然的第四天，有點溫暖的早餐，老婆為我煮了碗稀飯才去上班。暖暖冬陽，微涼的晨光，一切都那樣地美好。感恩體貼的老婆，如果我如今還是單身，哪有這等幸福？

重見天日的第五天，晨光依然燦爛，依然有暖心稀飯配醬瓜。依然不看臉書，關了line，坐在電腦前，想提筆寫幾個字，歌手劉紫玲傳來「朋友別哭」的歌聲，我幾乎要哭了。是的，在紅塵中，我也做了許多茫然無知的追逐⋯⋯。

突然覺得後段的人生中，隨時都可能撒手。不經意中看到了一篇向明的〈從「後事指南」到「行前準備」〉文，頓覺心境豁然開朗。人的一生不過就是如此，隨時都會領到一張「畢業證書」，然後雲遊四方去了；所以，凡事不必太執著，才是一種幸福。

（二〇一五、十二、十八，人間福報家庭版）

放下的滋味

在人生過半的中年，我五十五歲那一年，竟然發現身體快速的走下坡，措手不及，對未來生活的種種感到無力。二〇一六年初，在齒牙動搖之際，竟又毫無預警的來了不速之客——飛蚊症與黃斑部病變！經過近一年，在雲林彰基醫院眼科主任陳珊霓醫師專業的醫療之下，恢復還算健康的視力，可說相當幸運，如今，也才能重拾禿筆寫作。在此，要對陳主任的醫療團隊獻上衷心的感激。

歲月無情的奔馳，一年過了又一年，人生的跑馬燈終要在退休之後緩慢下來，嚴謹規律的生活步調也一下子崩解；這，才發現屬於自己隨興自在的生活開始了。

期待在新的一年伊始，耳順之年，體會放過自己，進而放下自己，充分感受寬心喜樂的滋味。畢竟心寬才會路寬，才能欣賞生命中的萬千種風情。

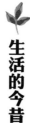

（二〇一六、十二、三十一，中華日報副刊）

生活的今昔

在工作忙碌的職場，生活嚴謹，朝七晚五，滴口咖啡不沾，深怕過敏體質會影響睡眠和隔日的上班。但如今，退下職場，日子的平常，一份報紙和一本書，偶爾來個一、兩杯紅茶和咖啡，也能充滿閒情逸致。果然發現不同的心境：原來一杯咖啡也會帶來好心情，讓精神抖擻起來……。

一大早六點就起床，走到庭院伸伸懶腰，東方才魚肚白，橘紅的輝光逐漸佈滿天際。進入書房後，隨即為要趕上班的老婆泡杯麥片加些葡萄乾。一年內為老婆準備早餐的次數屈指可數，因為我幾乎都比老婆晚起。老婆吃著我為她準備的簡單早餐，充滿著感激和幸福感；她說，這是美好的一天開始。望著她穿著端莊的大方的套裝，提著公事包上班的身影，我祝福她一天上班愉悅。

其實，多年來，老婆常用假日為我準備早餐：水煮蛋，煎蔥油餅、蛋餅、蘿蔔糕，煮肉絲麵等等。她從廚房端來熱騰騰的早餐到書房，我們就在書房內，一面看報紙，一面享用早餐。她常感喟的說，二個女兒就學不在身邊，我們好像提早在過空巢的老年生活。

想當年，我的雙親在人生的中老年，依然為家中的幾個蘿蔔頭在忙碌。靠著勞力討生活的老爸守著幾分薄田，每天除了回家休息、吃飯，只是農耕、勞動，農餘打零工；母親更是忙裡忙外，做不完的家事和準備三餐，希望一家人能早日脫貧。但在那個年代，可真不易啊！他們都給孩子的教育費和生活費壓得臉上長滿黑斑和皺紋，甚至要借高利貸，看人臉色過生活，更甭說有清閒和娛樂，工作到疾病纏身，不知老景已來到！

過去雙親為生活的拚鬥，顯然自己的時代和生活現況真是好太多了，最起碼不必為孩子的學雜費及家中生活費而煩憂。這樣悠然自在、美好的晨光，真叫人喜愛！

（二〇一五、十二、十五，更生日報大家談版）

生活組曲二則

做自己

每個人都希望自己成為「別人」，成為「名家」。對自己沒有信心，認為自己比不上別人，所以做別人成為生活的目標。但做別人、成名家，也是需要下一番功夫的。

其實，每個人各有天份：有人偏向語文，下筆千言；有人偏向數理，腦筋靈敏，有如金頭腦。有人平凡，但循規蹈矩，是家庭、學校的好幫手，長大後也是社會的支柱；這也不錯。

老老實實，安安分分的做自己；只要腳踏實地，過好每一天，做好每一件事。那做自己也很好，何必一定學別人呢？

疼婦

結婚三年半，婚前與婚後著實差異很大。在逐漸熟稔的婚姻生活中，感情日益平淡，已不似婚前的甜蜜狂熱，而是竟日為了生活餬口而奔波。尤其是在孩子出生後，在尿片及奶瓶中打滾，忙亂中已然忘懷所謂的「浪漫」。

我多佩服那些結婚十多年，乃至二十多年以上的夫妻，依然彼此互相欣賞、尊敬，彼此「疼惜」。我總認為，夫妻的情感和生活是需要用心經營的，彼此同心，時時時刻刻關心對方，婚姻生活才能維繫。

我們應該時常記得讚美、感恩我們的另一半，感激她們為我們帶來完美的人生，完整的一個圓。因為有這個圓，使我們能滾得更遠，而不怕受傷害。我們未來的生命才能延續，我們未來才有希望。

「疼惜」另一半，你我會活得更好。多找機會把自己從現實俗事中抽離，與另一半共享青春、浪漫，再譜婚前甜蜜的戀曲吧。

（二〇一二、十二、五，金門日報文學副刊）

寫作的迷戀

退休後，一時間不知該如何度日，決定拾筆一圓年少時的作家夢，天天固定在電腦桌前苦思敲鍵，不擠出一點東西來，彷彿有愧賦閒在家的生活。

每當靈感到來，促使我非得完成一篇稿子不可，往往午夜已過，依然無法歇息。偶爾手指因為過度使用發炎，依然無法停下心中那股寫稿的衝動，可以稱得上是「沉迷」了。

原本規畫每天早上要為不良於行的母親做些簡單的伸展運動，沒想到時常電腦一開機，早餐忘了吃不說，也把將要陪母親的事拋諸腦後；等到作品完成了，母親也已經休息了，讓我懊惱不已。

有時妻子會打趣：「退休前說要規畫自己的生活，要過得多彩多姿；可是，如今你幾乎整天坐在電腦桌前沉思或發呆，到底有多少作品被報章雜誌刊登？你退休之後，除了讀書報和寫作之外，其他全數是零嘛！」妻子的話，猶如在寒冬中澆下一大盆冰水，讓我的身體冷颼颼，心也快被凍僵了！

如今，退休五年多，青春不再，齒牙動搖，徒增華髮；更嚴重的警告就是兩眼退化，有輕微的白內障，左眼還有飛蚊症，我還能不清醒嗎？要約束自己，放下心中的執著。恩師林教授不也說過：「認真生活，才可以寫出動人的好文章。」是的，我應該走筆慢些，放下緊湊的腳步，認真務實的投入尋常的生活中。

（二〇一五、八、十七，聯合報家庭版）

筆耕有成因情深

——為『情牽後山　愛在鹿野』出版而寫

我與博智兄正式結識於二〇一一年末，知道同受師專教育，因此倍感喜樂親切。

前幾年，因為喜愛寫作，時常瀏覽報章副刊，「張博智」這個名字就常出現眼前，覺得非常熟稔。因為出現的頻率高，他又能詩能文兼及評論，內容包括社會、文化、政治、經濟、教育等等，可說是全方位的作家；因此，成為學習的對象，沒想到能在網路相識，深感幸運。

之後不久，在部落格看到博智兄與紀政小姐，以及一些將校和士官兵的合影。數年來，在臉書上發現他幾乎每天都有文章刊出，甚至一天數篇。看到他發表在聯合副刊大談簡媜「第二個爸爸」的那篇文章的讀後感，鞭僻入裡，既豪邁又抒情的文彩，令人驚歎連連，甚至拍案叫絕。

後來，他每有大作，總是費心的先傳來伊媚兒；拜讀後不久，就出現在報章副刊或論壇版上。知道他在民國六十九年花蓮師專畢業後，沒能執教鞭，服役期滿繼續留營，執干戈以衛社稷。擔任職業軍人是許多現代人的罩門，他卻甘之如飴，樂此不疲。上校榮退之後，又到不少機關單位、學校及軍校擔任志工，可說馬不停蹄，忙都忙不完……。

近年來，他又積極創立「刺槍戰技協會」、「體幹班之友社」：允文能武，有一枝超強又快的健筆之外，又精通國防體育戰技、刺槍術等等。這些年來，已經出版數本叫好又叫座的專輯，真是可喜可賀。

本書多以家鄉親情、人情、風情為貫串，將以前的文章結集成冊，是思親懷鄉孝行的典範。博智兄寫他的故鄉、往返鳳山與台東老家的所思所感，讓飄泊的異鄉客，感同身受。又寫他年邁老父的生活和歷史、與父親相聚啖酒的豪情等等，賺人熱淚；而寫與孩子間互動的情懷，足堪典範。本文集誠如張兄所言：「兒子寫父親，孫女畫阿公，書寫老人家一生的苦難與辛勤，祖孫三代書畫傳情。這本書有傳薪的意涵，願作為父親人生的註解，願書奉父親的名流芳」。

期待張兄的清流壯闊文彩與孝心孝行等等大作，能為大眾所知、所喜。謹以此拙文，為博智兄大作結集而道賀。

（二〇一七、一、十三，金門日報文學副刊）

寫書送書雙雙樂

師專畢業，我就從事春風化雨的工作，業餘經年累月的孤燈對稿紙，寫出品嚐生活的苦樂與歲月成長的悲歡。

我雖不是作家的料，卻時刻無法忘懷那執筆時的沉醉與忘我。在寫作的忘憂谷裡，卻忽忽已數十載，青春不再。且戰且走，走得踉蹌，但也自得其樂，像春蠶吐絲般，踽踽而行。

一枝筆，帶著我的想望，來到人生的中年。曾寫過單身失戀的苦澀與哀怨，也寫了我婚姻幸福的一家人，⋯⋯。我近半生的生活點滴與生命祕密，都藏在這些書籍中，想道盡人間的繁華與滄桑。

每當文字累積到七、八萬字，即請出版社編印成冊，順利的出版面市。如今幸運的成書九冊，為生命留下一點雪泥鴻爪。

數十年來，到處把拙作送人。這九冊書，所費不貲，送書有數千本，書款花了不少錢。但，想起每年湯爾富爺爺都會贈書給全國各國中、小的義行，我是一點都比不上的。

老婆早期對我買回拙作送給教育界的同仁和學子，曾有意見。這些年來，她看開了，曾對我說：你不菸不酒不賭，所以花這些錢還好啦！後來，她也覺得很有意義，因此也常鼓勵我繼續送書，傳播書香傳遞愛；連她自己出版的幾本著作，也加入贈送的行列。

偶爾，她會戲弄我說：「你又再送書，做功德啦！」當然送書，只是沉醉在那種送給人閱讀的喜悅，聽到別人的認同或回饋，而感到開心不已。

步入初老，視已茫茫，體力稍差，往後出書的機會更少；當然，如有可能，我還會繼續寫書、送書下去……。

（二〇一七、六、六，馬祖日報鄉土文學副刊）

聆聽一首歌

每次在聽一首歌時，多半會帶來感動，都會讓我想起過往生活的片斷；那歌輕吟細訴，讓我來了一趟心靈的洗禮。歌曲帶來悸動的欣喜，總讓我反覆播放，上癮了，幾乎會記誦了旋律和歌詞才肯罷休。

每一首歌都是作詞、作曲者一段生活的記憶，一闋人生歲月的告白。在我心中，總認為「青春」無敵，「情與愛」永遠都是人世間永不褪色的主題——只要是關於戀愛、愛情或失戀的諸多情愫，都讓我特別有感。認為不論悲喜的歌曲，只要詮釋得好，就是動聽、洗滌心靈的好歌。

還記得六、七年前，中國的歌手龐龍唱的「兩隻蝴蝶」，就在雲林正聲廣播電台主持人梁明達科長，採訪我義賣拙書空檔播放，在那種氛圍之中，讓我不由自主地激動起來。那陣子，我還跑到虎尾鎮上的唱片行買了他的CD，放在車上播放，也在電腦上，無日無之瘋狂的聆聽著。

那是一次梁明達廣播現場節目的call out之舉，當時剛好是學校辦理五十周年校慶前夕，擔任校長多年的我，為了協助弱勢生，義賣數種舊作，不但數家報紙蒞臨採訪，也因為梁科長的介紹，連高雄的教育廣播電台也call out訪問了我。一時，雲嘉南的多位聽眾和民眾參與了義買，幾位報社記者和電台的主持人也自掏腰包購買，讓我感動落淚，真的很感謝大家的熱情支持。也從那時候開始，我才學會建置部落格，以感激的文字記載盛況，他/她們愛心的義舉湧動著無限溫暖。從那時候起，龐龍唱的「兩隻蝴蝶」歌曲，就時常帶著當年眾人的愛心故事，出現在我的生命情懷中。

幾年前，老婆很喜歡陳昇的一片CD「魔鬼的情詩」。其中有首歌：「把悲傷留給自己」，是我時常陪著她做家事、讀書時的背景音樂。男性歌手的嗓音有其獨特的魅力存在，常讓老婆百聽不厭、低迴不已。

那天，我無意的聽到另一位女歌手孫露唱的「把悲傷留給自己」，這才發現，這首歌換人翻唱，也有不同的韻味；感覺到我喜歡孫露更甚於原主唱。這首由陳昇作詞、作曲的歌，也流行一陣子，

「……我想是因為，我不夠溫柔；不能分擔，妳的憂愁，如果這樣，說不出口，就把遺憾，放在心中，把我的悲傷，留給自己，妳的美麗，讓妳帶走……。」

人生道路的愛戀情愁都必須走過，才知那常是一條崎嶇的路；許多人只能「把悲傷留給自己」，暗夜裡狂飲這杯情愛的苦酒。

是的，人生總要看開、看淡生活中的酸甜苦辣，喜歡的愛戀情感就留久一點；不喜歡的憂愁，就只有放寬心些，任他如流東水。這是對生命世界的期許，也是期待要努力達到的烏托邦境界。無論如何，總要看向未來，不論悲喜，就讓一首首的歌來為我們不完美的世界歡唱吧！當你我心情鬱卒之際，別忘了找知心朋友來傾訴一番；如果知心難遇，就讓歌手的一首首歌曲，來洗淨心中的苦悶與哀傷吧！

（二〇一五、十一、四，馬祖日報鄉土文學副刊）

真愛的追尋

有些感情的回憶，在時間的推移中，竟難以忘懷；再回首，卻已是半百了！要珍惜現在的每分每秒，在情感上，不要為自己留下任何遺憾，因為人生的最終也只求此生無憾。

在臉書上偶遇林心如製作的「十六個夏天」入圍第五十屆金鐘獎七大獎項的訊息（二〇一五年九月二十六日，金鐘獎頒佈最佳戲劇節目獎、女配角獎、導演獎等三大獎項），讓我好奇地一頭栽入劇情的發展中，心緒隨著起伏震盪。雖然我與劇中的情節毫無關聯，但也不免想起年少就讀師專追逐青春浪漫情感的往事。

看多了一幕幕的戲劇，對照現實人生，了悟了多少的世間有情人，都是在「錯過」中遺憾一生。而我也在感情路上奔波，因為毫無結果而心灰意冷：每一次的失落和打擊，都深深地烙印在心海裡；在生活中，度過不少有體無魂的日子，也不克自拔的陷落在情感的漩渦裡，⋯⋯。

看著女主角林心如所主演的「十六個夏天」，詮釋著年輕女孩由青澀蛻變成熟，演技自然收放自如，由衷感佩。誠如劇中所言：「或許我們需要的只是勇氣。面對現實的勇氣，面對我愛你的勇氣。」而我就是因為自卑，在情感路上，連踏出第一步的勇氣都沒有。

真的，在許多的感情關係中，有勇氣才是最難的！曖昧的關係，就像跳華爾滋舞一樣美好，可卻是一種幻象。如果缺乏更進一步的表白，可能雙方都會不斷玩著你前進我後退的戲碼，結果，只留下你的扼腕與嘆息。

當時，我每天在銀幕上隨著劇情起伏，這部偶像劇，扣緊十六年的歷史時間軸，動人的描寫五位好友間的情感糾葛；因為「錯過」、「遺憾」，以及缺乏告白的「勇氣」等情感的氛圍。劇情寫實、貼近人心；結果也讓人心痛：這就是不完美人生的遺憾。

相信會有一些人都像劇情一般，從一個讀書的青澀大學生，經過歲月的淘洗，在生活及家庭經濟壓力下，畢業後即面臨另一階段的成長與蛻變，變成輕熟女與純情男，都須經過兩造間愛情的考驗。即使進入家庭後，男女都會面臨婆媳、母子關係的緊張或和諧關係，是要委曲求全，或以智慧解決生活的困境？或是從此可以過海闊天空的幸福人生？都是未竟之天。

看了戲，回想自我的人生，雖然婚前有幾次不完美的戀愛，蹉跎了不少年月，繳了一些學費，但感謝老天垂憐，終於能修成正果，在後半期的歲月裡幸運的與另一半牽手共度。相信平淡度日也是一種人生之美。

（二〇一六、六、十八，金門日報文學副刊）

初老話情懷

四十五歲之後，兩鬢逐漸冒出白髮，當時自己並不覺得，直到有天攬鏡一照，驚見白髮上身，真是驚慌莫名！一時不知如何是好，心神蕩漾許久。但久了竟然也習慣了。如此一年年，白髮從兩鬢逐漸攻城掠地往頭頂上鋪陳，只好承認自己已不再年輕，離開年輕的世界許久了。

年已五五，算初老之始。有次旅遊到臺北，在擁擠的捷運上，我斑白的髮絲，引來一些年輕人熱情地讓座，讓我非常感動；身在一旁的老婆也對我笑了笑。當然，還能站得住腳的我，有點不好意思的婉拒他們的好意。

滿頭灰白夾雜黑髮的我，已被許多人列入老人的行列。但，在鄉下窩居，許多中老年人依然在田間從事除草、噴藥和施肥等工作；每次我看到他們，依然孜孜矻矻的起早趕晚的，在田野耕耘，一點也不服老，都讓我非常感動。

當我年幼稍懂事時，家家戶戶孩子很多，我家就有七個兄弟姊妹。只知道父執輩的，一個比一個白髮多，卻不時興染髮，只有在參加親人婚嫁或外出旅遊時，才去理髮廳「做頭髮」（染燙、洗頭）。他們這些老農人會說，目的是要讓人看起來年輕五、六歲；不然，整天在田裡工作，「做頭髮」要給誰看？聽來也是蠻有智慧的。

我在職場時沒有染過髮，如今退下職場，幾乎宅在家，要染髮裝少年，要給誰看啊？所以我的頭髮，還是順其自然就好，日子悠然自在過，反正人都會老，不是嗎？

（二〇一六、九、二十七，馬祖日報鄉土文學副刊）

「回」

過了農曆年，揮別元月後，一下子沉浸在忙碌的春耕農事中，讓身心靈平靜下來，回歸忙碌的生活。

而忙碌的插秧過後，終於回到農莊無華日子的氛圍中，專心投入閱讀這個月來留存的一疊報紙副刊、雜誌、網路資訊。趁著空檔，讓拿鐵咖啡的香味，刺激了樂活神經。不禁回憶起去年年末，在夜深十點多，熱鬧的臺北城，感受歡樂耶誕的洶湧；在捷運人潮中擠人，見識了城鄉差距。那時，與老妻擠在捷運車廂內，一位擠在我身旁的女子對我笑笑說：「週末和週日最好不要出門。」她不知我是從雲林來臺北湊熱鬧的鄉巴佬，我微笑以對。彼此默默無言，又看著擠不上車廂的月台人群；這就是熱鬧不夜的臺北城！⋯⋯

離開臺北二十多年，早已脫離都城的繁華生活，除了農事耕作之外，閱讀、繪畫、寫作的寧靜生活，總是缺乏一股活力和精彩。此外，年前，老妻和好友規畫安排年後三天兩夜的台東行，在穿越山野和海邊的行程中，發現許多景點都是以前未曾造訪的。我們一家人也和朋友們，一起見識到好山好水好空氣的台東迷人之處。

退休與上班是兩種完全不同的日子和人生。我退休，老婆依然在職場中努力工作。她在下班之後，孜孜矻矻的學習古箏、笛子，和氣機導引，紓解壓力，鍛鍊身心，積極的安排自己的生活。她這種充滿感性的歲月，也影響逐漸僵化生活的我，讓平淡的感情中，時常激起幸福快樂的漣漪⋯⋯。

（二〇一七、六、二十二，馬祖日報鄉土文學副刊）

觀照有感

因為要在新出版的散文集裡放上一張作者照片，我徹夜翻看電腦裡的數千張照片檔案，看到眼花撩亂，仍然找不到一張合適滿意的。雖然體會到海底撈針之苦，卻也在觀照浮光掠影的樂趣中，返視遠去的青春與燦爛歲月。

近二十五年間，成家後，兩個女兒出生，帶著她們雲遊臺灣島國，歷經3C產品的衝擊與社會脈動。從手動單眼相機、卡帶攝影機，到數位相機、手機拍照，只要出門郊遊、旅行，我總是一機在手，深怕漏失了孩子成長的身影；除此之外，也觀照社會風情。

從老婆擔任攝影的女主角開始，孩子陸續加入成為影中人，熱熱鬧鬧的人生也欣然展開。因為有她們，雖然旅程匆匆，但走過的痕跡留在照片和電腦檔案中，讓我能隨時翻讀過往的旅情歲月，也沉浸在幸福的桃花源裡。

在成千的電子檔案影像中搜尋，幾乎都是與家人及友人合照，甚少有自己的獨照。尤其幾十張身著西裝，甚感滿意的照片，卻都是和他人的合影，讓我相當懊惱，為何當時未能委請他人為我拍幾張獨照呢？

勉強找到一張幾年前陪老婆去花蓮開同學會時的獨照，在東台灣縱谷的秀山麗水中，與身後的小瀑布合影，頗為自得。只是，雖然當時心中依然充滿著年輕時的豪邁與激情，但細觀照片，仍可看出已向青春告別，逐漸邁入生命的中年。

在新的一年，回首過往人生，雖然逐漸看清花花世界，可惜青春激情的浪漫已遠，在悲歡交集中，心境不免有些許孤獨、悵惘。雖然欣喜地看到身旁的一些長者，在時間的長河中不服老，依然在生活中發光發熱；但時光總是無情，能為自己留下一些印痕的時間，也愈來愈有限。

所幸，在生命旅程中，我終能放下紅塵名利的爭逐，凝望著生命暮色的繽紛美景，寬心自在地面對未來的旅程。給自己多一點勉勵和掌聲，再次邁開自信愉悅的腳步，要讓自己活得更雋永、精彩、有智慧，不停歇地用心向前行！

（二〇一八、二、六，人間福報家庭版）

冬晚對月

冬初，還不到夜裡七點，一輪燦爛的明月靜悄悄地東昇在小窗前，和我打招呼。當我坐在電腦桌前，一仰頭，透過窗子的紗網往外看去，明亮的圓月讓我驚呼。原來今天是農曆十一月十五，再過不到五十天，春節就要來了！雖然歲月不驚，韶光無聲，對於過年，我卻有些心慌意亂，尤其逐漸邁向生命的初老之際，不時會湧起「人生如夢」的感慨。

自從秋日來訪，我常和老婆在晚飯後，每人手持一木棒當護身兼做枴杖，到附近的田間柏油小路散步、聊天。兩旁的水稻、芹菜和花生陸續收成中，沿路隨風飄著水稻收割後的香味、芹菜特殊的味道，和花生的香氣，讓人熟稔的農村景致也在眼前鋪展著。採收後的花生田撒了油菜籽，芹菜園收割完後又撒了茼蒿籽；此外，行列整齊的美生菜也即將成熟，熟透的青皮豆綠肥經過耕耘機的整地後，在一段時日又長了新芽，眼前所見，一片不同色彩的翠綠，讓人神清氣爽。剛採收的花生鋪曬在小道上……。

逐漸冬寒，晚飯後都已是七點多，散步在產業道路上的習慣已經養成，村夜的寧靜，常覺得夜已很深沉，藉著身上手機的一點燈光照明，順便聽著古典的或流行的歌曲，感覺一種單純的喜悅和幸福。

因為眼疾之故，從秋天至今的療養，忽忽已過了兩個月；生活的簡單和單調，帶給我清心自在的滿足感，也是失中有得。

仰望一輪明月，心中有無數的感受想要傾訴。我走出寬闊的庭院，鄉間已寂靜無聲，頭頂上的明月依舊皎潔，旁邊的星子閃爍著迷人的光芒，讓我對著一覽無遺的夜空，充滿無限的情思。

（二〇一六、十二、二十八，中華日報副刊）

第三輯

北師深切記憶

懷想負笈北師五年歲月

師專畢業三十多年的三連同學，寄來他女兒于歸的喜帖；他是班上第一位結婚的，如今嫁女也搶頭彩。當時，幾乎是全班去賀喜兼開同學會的，還將「神鷹」班旗和一座「冠軍」獎盃交給他，希望他移交下來；但，後來幾位同學結婚，就不知去向了。這些點滴，不禁使我憶想就讀北師的少年歲月。

我在一九七六年考進省立臺北師範專科學校。當年，大家都是國中剛畢業的十五、六歲青澀少年，根本未見過世面，有的甚至是初次遠離家鄉，如我。青春年少總是帶著一股純真與浪漫。因課業繁重，無暇他顧，歲月如船過水無痕，只留下一陣陣的輕嘆。

在五年制的師專改制前，全國有十所師專的課程都相似，連活動訓練都按規定舉行。五年間都必須住校，所以大家感情特別好，情感交融；有一些學長學妹或同年級的男女同學，在「愛之船」上修成正果。不少同學畢業三、四十年依然有聯絡，常一見如故。我們早年接受師專教育的現代老師，都能深切體驗當年生活教育及各種訓練的背後意義；雖然都採軍事化管理，也管教甚嚴，但都有很好的默契和服從態度，適應得很好。

四十年前，班上同學只有兩位住臺北市。其餘有二十多位是彰化、雲林的務農和家境較貧困的子弟；雖然身處最繁華的臺北，依然未被迷眩。因為是公費，才讓這些窮學生得以脫貧；因受到國家的栽培和照顧，大夥兒畢業後九成以上都心甘情願，孜孜矻矻的堅守崗位，堅持教育愛，奉獻青春和熱忱。一路走來始終如一，直到退休。

當年學校煮的是每天一千多人的大鍋菜，因為公費固定，但臺北物價較高，比起其他師專，北師的伙食採買就較吃虧，但大家也都甘之如飴。我們採自助餐式的三菜一湯，每月由每班選出一位伙食委員組成學校伙委會，負責開菜單、僱卡車到市場採買食材，和監廚。廚工伯伯則負責煮飯菜和為學生打菜。每個月都有一次的加菜，一定都是雞腿；不少同學都捨不得一次吃完，多帶回宿舍細嚼慢嚥，享受雞腿的甜蜜滋味。而「伙委會」利用加菜那一天，貼心的讓每月出生的異鄉遊子可以享用一塊小小的生日蛋糕，五年五塊蛋糕的滋味至今讓我回味難忘。

每月一次的清洗餐廳，由男生班與女生班共同負責，是一年級新生必要的工作。因為年少好強的心緒，尤其有女同學在身旁，所以班上男生都表現得很賣力，用心的清洗餐桌和地板而不以為苦；使當年擔任班代的我，不必吆喝督促，每人都樂在其中，兩小時很快就過去了。

每年的軍歌比賽，嘶吼出少年的心聲。而籃球和排球賽，也讓我們班吃了不少苦頭；因為當年我們甲班以入學的分數較優成班，卻多是文弱書生。運動會時，身為班代，體能普通的我也自告奮勇的參加八百公尺徑賽，最後以趕鴨子收場。但三年級時，我竟以剪刀式的跳高方式贏得第三名，是我師專生活中唯一的運動獎牌。

不論寒暑，每天早上六點一到，一位老伯吹起床喇叭號，六點二十早點名。接著打掃校園環境。如果沒打掃，通常由教官透過廣播點名補掃清潔區，名單一被公佈，大家都覺得很丟臉；可見當時師專生的榮譽心很強。晚上七點在教室晚自習，九點二十晚點名，順便練唱軍歌，十點熄燈上床。五年如一日。

還依稀記得一到三年級，每天一定要摺像豆腐乾的棉被。一年級的時候，我棉被摺得不合區隊長的標準，曾多次被打×，罰了不少勞務，至今記憶猶新。

每月一次的電影欣賞，是窮學生最佳的視覺饗宴，都在大禮堂放映。大禮堂是日據時期興建，超過百年的紅磚建築，已被列為市定古蹟，更成北師的亮點，是改制臺北教育大學後僅存的精神堡壘。還記得每次放映電影時，大家莫不興奮以待，整個禮堂內黑壓壓一片，座無虛席，熱鬧非常，也陪伴我們度過五年的悠悠歲月。我在三年級時，曾寫一篇「紅樓的精神」的文章，就是有關禮堂的種種，刊登在當時的校刊『北師青年』上，獲得一些稿費，身心都非常滿足……。

（二〇一六、十一、三十，金門日報文學副刊）

文學啟蒙巧機緣

近半年來，當年我就讀師專的林政華教授，除持續多年修改作品之外，常用伊媚兒給我們畢業近四十年的同學，分享他的大作以及同學間的若干訊息，同學們都非常感動。今天，他再度鼓勵我們投稿華副，還以身作則的投稿一篇，因為要慶祝中華日報七十周年社慶。

我原本因為視力老化，以及文藝才情漸淡，已不太想再寫稿；如今，經過恩師多次的鼓舞，讓我的文學細胞又活了起來。我也要感謝中華日報副刊數十年來的牽引，它就像一位老朋友般的親切待人，並不因我是沒沒無聞的文藝門外漢而排斥。雖然華副是許多文創者、名家必爭之地，但只要內容充滿感情，文辭稍差一點，經編輯的潤色，也會被採用，讓我們這些小作者也能享受文字變成鉛字的喜悅；並獲報社寄來一份刊登當天的報紙，收到時特別讓人感到溫馨——畢竟這在國內的報刊界可說十分少見。

談起與中華日報的結緣，應該追溯到民國七〇年代。那時的我，師專剛畢業，從事教職，寒暑假回老家幫農；就將平日與學生的互動、與雙親家人從事農作的點滴情懷，就著一盞燈光，慢慢地向稿紙傾訴。雖然寫稿勤，刊登率不高，但我依然樂此不疲；因為不論是否刊登，主編先生常會熱心提點作品的優缺點，有如我的文學導師——林教授一樣的關懷。我有自知之明，作品登不上檯面，但只要有作品，我還是先投稿給中華日報。

因此，我很感謝這三十年來中華日報帶給我的這段文學勝緣。從二十出頭的毛頭小子起，到如今，我已兩鬢灰白了。

我曾訂閱中華日報，當年有一陣子副刊的「花雨」專欄，特別邀請名家寫作，讓我大開眼界，我還剪報留存至今。另外，還有與廣播電台結合的「溫馨散文」專欄，讓作品透過廣播傳送全國各地。拙作還曾經在該專欄中出現兩次；其中的一次，無意中在廣播裡聽到作品被主持人以甜美的嗓音朗誦出來，霎時，驚喜萬分。

細數這段歲月，除了副刊豐富我的精神生活之外，也特別感受到中華日報各個版面的精彩報導。其中的醫藥版，讓我得到不少醫藥常識，印象很深刻。而它的新聞報導，內容乾淨，客觀詳實，不譁眾取寵，不偏頗黨派，數十年來都秉持著這一貫作風。

十年前，因為擔任偏鄉國小校長之職，學校常舉辦各項活動，我會特別邀請中華報地方記者蒞校採訪、指教；對於偏鄉的學校而言，這給了師生極大的鼓舞。

（二〇一六、一、二十九，中華日報副刊）

療癒心靈的妙方

我從十幾歲，就讀省北師專開始，就用稿紙將所思所感記錄下來；也投稿到文藝雜誌及報紙副刊，屢獲刊登，成為青春年代一帖美好和療傷的記憶。

軍中預官役兩年退伍後，再登上杏壇，重拾教鞭，擁有更多的閒情逸致訴說生活和教育的點滴。異鄉生活的孤寂和情傷，藉由書寫文章抒發塊壘，讓心靈愉悅而平靜。因緣成熟，以及許多師長和貴人的牽成，發表的文章終能結集成冊，這些紀錄成了成長歲月中的小確幸。

退下職場，終日與書為伍，偶爾會站在老舊的木頭櫥櫃前，撫摸著泛黃的文集，回首著四十年的點滴，感慨歲月的飛逝。人生中年，往事時常隨著那些發黃的冊頁，呼喚著心海的記憶，讓我再度回想起那些被歲月淘洗的人事、飛奔的青春豪情、在大都會追求感情的浪漫、異鄉夢……；像瀑布流洩到我的眼前，充滿著人生感悟和美好的悸動。

翻看當年師專恩師林政華博士為我潤稿的手寫筆跡，密密麻麻的紅字令我悸動不已。他一直鼓勵我成為「農鄉作家」。因為他一路的牽引，方有拙作一篇篇問世。

午夜夢迴，寫作陪我度過生命裡的幽暗歲月，讓我重新奮起，勇於面對人生的苦樂，認清生活中的潮起潮落，也是不同的塵世風情。我以平淡的心情憶寫文章，它也是支持我生活奮進的力量。

（二〇一六、四、七，青年日報青年副刊）

回首純情臺北夢

電腦內偶爾會不經意地流出女歌手劉紫玲「再回首」優美動人的歌聲。「再回首，雲遮斷歸途；再回首，荊棘密佈；今夜不會再有難捨的舊夢，曾經與你有的夢，今後要向誰訴說？再回首，背影已遠走，再回首，淚眼朦朧，留下你的祝福，寒夜溫暖我……。」（作詞：陳樂融，作曲：盧冠廷，編曲：陳志遠）婉轉而略帶感傷的旋律，緩緩流盪在我的書房，不禁讓我想起原主唱憂鬱王子韓人姜育恆，當年他就是以這首歌縱橫歌壇紅徧半天邊的。

有時還會聽到姜育恆「再回首」的歌聲；也聽到他的「跟往事乾杯」、「驛動的心」等諸多成名曲，一聽再聽。如今已步入人生中年，不禁的再回首過往歲月……。

二十多年前，我和牽手婚前，都曾在大臺北打滾討生活。而更早的四十年前，我從私立初中畢業就隻身前往當年熱鬧的首府，人人都嚮往的聖地臺北，揮灑著年少青春。那時的臺北，可說是中南部鄉親日思夜想的工作地。而我有幸在其中當五年的學生；而畢業後，又在臺北縣從事教育工作更超過十五年。這點點滴滴，都映滿在我的純情臺北夢。

還記得不識字的老爸帶著懵懂未見世面的我，一路從雲林的崙背偏村，搭野雞車到臺北，再轉搭計程車，才到了和平東路二段的省立臺北師專，開始了五年的求學生活。

每次假日，跟著三五同學搭車到重慶南路逛圖書街，一路走逛到新公園，園內的巴洛克風格的臺灣博物館，相當吸引我們這群中南部的鄉巴佬，讓我們這學子留連忘返，並且歡喜的撫摸著銅牛。有時也到只有二層樓建築熱鬧的中華商場，在商場內遊蕩，看到吃喝玩樂、各種電器，以及時髦的玩藝兒都有，這也讓鄉下的窮小子咋舌，而下不了手。偶爾逛人擠人的西門町，感受時代年輕人的喜樂和狂熱，徘徊在人潮中奢侈的看幾場熱門電影。

過年節和寒暑假，到火車站搶搭返鄉的火車。當時沒有捷運，沒有高鐵，一〇一大樓正在孵夢。

每次返校，都幾乎在臺北火車站轉公車。每次提著頗重的行李走上站前的陸橋。往橋下看到洶湧的人潮和接連不斷的車流，我的心神都緊張得感到無依無靠，幾乎迷失在人群中。站在人來人往的人行道上，跟著一整排人群排隊等候搭往學校的公車。

師專五年的求學生涯，竟也隨著課業的忙碌和活動的緊湊，一溜煙的不見了。

歲月的軌跡毫不留情地一路滾動向前，轉眼數十年過去了，滄海桑田，不論是臺北市也好，或是臺北縣也好，總之，都脫胎換骨蛻變到成為我不認識的陌生地，豪華、壯觀，高樓林立，人潮和車潮洶湧，像一位雍容華貴的貴婦。

而臺北火車站的改建，廣場寬寬闊闊，和一二層樓美輪美奐的美食街和販賣各種紀念品店等等，時常座無虛席，永遠有流動遊蕩的人潮；總之，再度讓我眼花撩亂。

想當年鐵路還沒地下化，火車站成為客運車和火車的轉運站，擠滿了熱鬧的人潮，許多返鄉人都在這兒交會，然後再各分西東。如今捷運通了，高鐵飛快，人潮更多，生活和前行的節奏更快。在生命的路途上，對面相見卻不相識，為家庭奔勞的棲棲惶惶，人影一直未減。

再回首，當年一個十五六初中剛畢業的小男生成為出外人，拖著行旅箱的身影依舊歷歷在目。而從雲林斗南或斗六火車站搭平快車，常要歷經五六個小時才抵達臺北站。初中之前，根本沒有獨自到這五光十色大都會的經驗；出了火車站，時常有要轉搭公車而方向感全無的茫然。而如今，經過十年的盼望，雲林的虎尾高鐵總算設站，雖不一定能解決異鄉遊子假期返鄉、回工作地一票難求的慘狀，但至少改善些微的城鄉差距，讓身處偏鄉的鄉親，也能偶爾做做個人的純情臺北夢。

（二〇一五、十二、十七，金門日報文學副刊）

令人臉紅的「回憶」

目前，在母校國北教大及其他音樂系所擔任教職的陳安美教授，在歲末年初接到她寄來的精美簡介冊頁。她在去年十二月中旬，在臺北市國家演奏廳鋼琴獨奏會，是為恆春基督教醫院募款的公益演出，看了令人欣喜動容。

陳教授美麗活潑大方、努力向上又優雅的生活姿態，的確使人難忘。當年省北師專的求學時期，因為她的外型，在同學中特別讓人注目。近幾年，我們都已畢業近四十年，常在臉書上分享她的教學與生活，又時常分享大作給同學們，令我感動。

因為陳教授是音樂科高材生，近年，偶然聽到「回憶」這首令人回味的合唱曲，不禁憶起當年與她們班一起練習合唱的青澀年代，自不量力參加合唱團尷尬臉紅的往事……。

四十多年前就讀北師一年級時，有一次學校的合唱團招募新團員，我與班上的雲駒和光偉參加試音甄選，竟然獲選，心中相當雀躍，認為可以一展長才，沒想到卻是個個落荒而逃。

學校的合唱團都是以一到五年音樂科為主要的成員，他們從小與音樂為伍，在就讀師專的音樂科之前，各個都是音樂好手，參加合唱團對他們而言只是小case。因為團裡幾乎都是清一色的女生，相當欠缺男生，因此我們三個與其他班的幾位男生，都興致勃勃的參加，最後也都識相陸續地退出，原因不外是合唱團並不是我們這些普師科的學生所能承受的，更沒有當初想像的容易。

那時，經過自己曾進出多次的音樂館時，心中不免感慨與音樂無緣。偶爾聽到從那邊傳來「回憶」這首歌的練唱曲調，男女合聲在夜空中飄盪⋯⋯。在月光下，我抬起頭，望著校園情人道旁，菩提樹的葉子如水晶般的透明清亮，心中感到一股生命的寧靜與超越，聞著遠處隨風飄來一縷縷花兒的幽幽清香，彷彿置身夢境中，不自覺的湧起如詩般的情懷⋯⋯。

當年，這首歌常在我們班際合唱比賽中演唱，讓人百聽不厭，尤其旋律一出聲，「嗚⋯⋯嗚⋯⋯，春朝一去花亂飛，又是佳節人不歸，記得當年楊柳青，長征別離時，連珠淚和針黹繡征衣，繡出同心花一朵，忘了問歸期⋯⋯。」

總讓我沉醉在樂曲中而不克自拔。感恩那個年代，音樂老師對我們這群音樂一竅不通的普師科學生，依然無悔的教導，那種音樂情感的陶冶和歲月的洗鍊，令人難忘。

如今這首叫〈回憶〉的歌，也有了臺語版的合唱曲（作詞：陳崑、呂珮琳；作曲：郭子究）；與華語版比起來，可說各有韻味。再細細品味著這首有點感傷哀愁的「回憶」的合唱曲調，往事的點點滴滴也只能在回憶中慢慢地發酵了。

「思歸期，憶歸期，往事多少盡在春閨夢裡。往事多少，往事多少在春閨夢裡。幾度花飛楊柳青，征人何時歸⋯⋯」

繪畫，人生至樂

從小就喜歡繪畫。四十多年前的小學美術比賽，讓從不太畫畫的我，得到全校高年級水彩寫生比賽第三名，當時畫題是學校一座上面寫著「飲水思源」的水塔。還記得級任周老師轉達評審劉老師對畫作的評語，說我的水塔畫得像油畫，色彩豐富繽紛，很有看頭；讓小小心靈得到很大的鼓勵。

幾年後，就讀省北師專就參加水彩社社團，由當年具有書法、國畫、素描及水彩專長的孫立群老師授課。甚受孫老師的指導和啟迪，書房至今還懸掛著一幅教授當年為我們當場作畫的作品：畫面上有栩栩如生的兩條魚、兩粒蕃茄和一把蔥的畫作。四、五年級時，選修美勞組；雖然學習的課程繁多，有：書法、中國畫、水彩、油畫和設計等，但我卻無一專精。

畢業從事教職，在繪畫的這條路總是走走停停，沒有再繼續探索學習。但是，最近看著老婆就在書房的角落擺上畫紙，看著楊桃和蘋果、香蕉，玫瑰和茉莉花；還有紅豔豔的孤挺花和朝天椒，隨時畫上幾筆，果然一張張圖成形了，讓我大為驚歎。她拿去請學校的美勞老師指點迷津：所畫的那一顆鳳梨最傳神，彷彿真的鳳梨就擺在眼前。孤挺花畫作，得到同事畫家陳泓錕老師很高的評價。在得到一些修正的意見和鼓勵下，讓她精神昂揚。連我都手癢起來，想要再重拾畫筆。終於在老婆的激發下，能重燃畫畫的熱情。

因為陳老師的介紹，我和老婆才知，由雲林縣西螺的螺陽基金會所舉辦第四屆全國「速寫雲林」寫生活動，即將展開；是由在地的藝術家曾敏龍所邀約籌畫的兩天三地——斗六、西螺及崙背的繪畫盛事。經老婆的激勵和報名，我終於走出陋室，勇敢地展開退休後的第一次戶外寫生。

這次戶外寫生，原以為只是跟幾位美術同好一起；到了現場，才發現有不少全國知名畫家濟濟一堂，散在各個景點角落，振筆揮毫。眼前所見真是熱鬧非凡，有畫水彩的，也有不少北部的畫家是畫油畫的；更讓我佩服的是有幾位畫油畫不必打稿，幾筆粗獷揮灑之下，即能帶來豐富的色彩。一層兩層顏料的堆疊修改，才不過半小時就可見成形樹木、圍牆與建築物。這讓畫圖總是小心翼翼唯恐出錯的我，相當震撼，也大開眼界。真是高手如雲！

我東晃西瞧，最後還是繞到一位李先生那裡觀摩學習一番。他一面畫畫，一面跟我聊天。他說雖住台北，工作是做雞舍的鐵工，所以全國跑透透，閒時就繪油畫紓壓。沒拜過師，觀摩畫家龐均的教學影片，一步步學習，單畫一棵樹就畫了幾百張圖；所以他說，沒有學不會，只有不夠努力。畫畫八年來，一直想當專業畫家，如今他做到了，讓我由衷佩服和感動。他將畫畫的心路歷程跟我敘述，認為常畫就會有進步，不要在意別人的眼光。何況每人的畫風不同，對畫畫的認知也不一樣；觀畫者是會有些主觀性的……。他的剖析說明，讓我更加知道，戶外寫生與室內作畫是截然不同的。戶外要面對許多環境和氣候等的挑戰；但戶外活生生的景物，會讓人產生感動和樂趣。他說已經來雲林寫生數次了。

還未下筆構圖的我，才擺上畫具，已是早上十點多了。不少蚊蟲仍來叮咬，噴了防蚊液，抹上清涼膏，尋找陽光照不到的地方，還未下手，就幾乎被曬昏。只見老婆一下子就定下心來，跟隨在陳老師旁取景，她還隨時走到陳老師旁觀摩學習，陳老師也不忘指導幾招。老婆雖然只學過短期的畫畫班，但素描的功夫了得，畫水彩的興致高昂，也不怕假日人潮過來參觀。

而我也放開了，畫畫自在就好，畫得好壞則是另一回事；所以心情算是輕鬆了些，原先要打退堂鼓的壓力已一掃而光。

上午一張四開，下午一張八開，一整天畫下來，又熱又悶，身子彷彿脫了一層皮。但畫畫的熱情被激起了，我終於再次的突破心理障礙，重拾繪畫的信心。我和老婆把數張的水彩發上臉書，得到許多鼓勵和回響，讓我們夫妻倆信心滿滿，想要繼續畫下去。

近半個月以來，我們兩位老頭子，像著魔般，每天不提筆寫生或畫個畫，好像沒吃飽飯般的難受。

我將這些畫作寄給師專的老師林政華教授指正，老師回函鼓勵說，將來我散文傑作選就剛好用來做插圖，讓圖文並茂。又說再多一些畫品，以後可開聯展，出畫冊，甚至與小女儀安的設計結合，展出由雲林開始，再擴及全國各縣市，那才風光與大貢獻呢。也許可與夫婦倆的文學作品一齊展出，相當可期待。這些鼓勵，都令我感動！

人生行路至此，讓我明白和感謝許多的因緣相遇，要不是巧遇老婆學校的陳老師，我們夫妻也不太可能重拾畫筆。尤其交了幾位畫友，談了畫畫，也談了人生的諸多喜怒哀樂，分享彼此的經驗、樂趣和生命的智慧。

每一次提筆構圖和畫畫，都是新的開始；筆隨意轉，意隨心轉，心隨自然：像是一位修行者，在每一個步伐中體會、沉思和成長。畫完圖，近看、遠觀都有不同的感受。每畫一幅畫，都是一場心靈的洗禮，也是一趟精神的旅程，啊！這真是人生的至樂。

（二〇一七、七、三十，金門日報文學副刊）

重拾彩筆有寄望

退休後，在臉書看到不少藝術同好，在他們的園地裡發表不少的水墨、水彩和油畫，張張精彩，讓我再次徜徉和回味青少年華的愛藝時光。

盡情的翱翔在繪畫的天地裡吧！除了閱讀和寫作之外，每當遭受孤獨和寂寞侵襲之際，總是要找一點樂趣，讓心境放鬆。期許自己筆端帶有感情，一筆一畫都是情，而一筆就是一世界，一圖就有一天堂。停畫筆至今，忽忽已經過四十年了，初老，才在妻子的鼓勵下，重拾畫筆。

幾年前，我和牽手帶大女兒到斗六一家書畫文具專門店採購繪畫材料。當時，看到大女兒的一些畫具，我一時也技癢，心想，我要重拾學生時代、就讀師專美勞組，就喜愛的畫畫，不論水彩或油畫，就是愛畫；所以，購置了一箱油畫顏料和畫筆，連大小兩張油畫布，花了三千多元，沒想到一擺放在倉庫，已近十年光景。

重新提起筆，畫張圖那麼難嗎？重新再提筆走出第一步，是那麼遙不可及的事情？看到沾滿灰塵的畫箱和畫布，我動手清理起來，擺著晾乾；又是近一年，真是！……

真的走出第一步的確難，拿起畫筆，才知千斤重，腦海一片空白，不知如何下筆。繪畫顏料的瓶蓋經過數十年已經打不開，部分的顏料也硬掉了；用火烤了瓶蓋，才勉強擠出了顏料，但這一切，就要重新開始……

讓我的筆在空白的畫紙上揮灑，讓我的自由心靈帶著喜悅和忘憂的翅膀，在油畫布前翱翔吧。每天時間一到，我就坐在畫板前，不自主地拿起油畫筆、水彩筆，那怕畫幾筆也好，沉浸在繽紛的色彩裏，讓我忘憂，忘懷屋外夏日酷熱的陽光。「畫就對了！」心底湧起這個念頭。每完成一件作品，就讓我充滿喜悅的懸掛起來，常在畫前走動，總感到不滿意，因而一改再改，希望能達到完全滿意。

大嫂和老婆都習書畫多年，早已是行家，來下指導棋；老婆也拿起畫筆為我修改一番：畫圖成為我們家最近的熱門話題。期許幾年後，全家能一起開個畫展。

（二〇一八、一、八，馬祖日報鄉土文學副刊）

慶龍兄：謝謝您

三十多年前，我從臺北縣鶯歌的中湖國小調職到板橋之前，有一次巧遇我的師專隔壁班同學葉慶龍。當時，他告訴我說，如果我調動到板橋任教，可以去住他們家。果真，我就調動到板橋的埔墘國小，剛好就在他家附近，走路不過五分鐘；所以我自然的就成為他的房客，免去我許多找房子的奔波之苦。基於同學情誼，他象徵性的拿一些房租，減輕當年我薪水不高的窘境。

我把租同學房子的事情寫信給師專的國文老師時，林政華教授回函表示，有機會要到板橋當面感謝房東照顧我的美意。當年大家都忙，林老師未能成行，但依然要我代他表達葉兄對我照顧之情。

慶龍兄善於理財，才不過五、六年，不但有了自己的房子，還結婚娶得美嬌娘，並且早已考進臺北市任教，讓我相當羨慕。他說，他和我都是貧窮人家的孩子，出門在外都得靠自己的努力和奮鬥，所以他除了穩定的工作之外，便用心的鑽研理財之道，有許多的心得和收穫。更讓我相當佩服的是，他不是守財奴，從媒體和親朋好友中得知，社會上的許多弱勢和需要幫助的人，他都以「無名氏」之名捐款、濟貧和施棺等等善舉。雖然我住在他的樓上，平日上班都忙，又他有自己的家庭和生活圈，所以平日除了拿房租之外，彼此很少碰面和互動，但我倆還是常關懷著對方的生活種種。

婚後，我搬離了他家，另覓住處，彼此幾乎斷了線。一九九五年從臺北市搬回了雲林。有幾次，在電視和新聞媒體得知，他成了臺北市教師會理事長，全心全力為教師權益而奔波努力，贏得不少喝彩。看到他的成長、成熟和蛻變，將超強的能力發揮得淋漓盡致，讓我相當佩服。他搬了家，經探詢得知他的住處，我偶爾會在年節寄了張賀卡，感恩他當年的照顧情誼；他也回卡表示，當年有緣相聚，是人生難得的因緣；對於照顧我的事則避而不談，相當客氣。

幾年前，我們相繼退休了，我有一天在臉書上看到他與班上同學的聚會照片，我便加他好友，因此彼此就互動起來。一年前某次，他在臉書的訊息中告訴我，要我加入他的line，從此我們都在line中互傳一些美圖、良言和優質的影片，更讓生活在窮鄉僻壤的我大開眼界。

幾個月前，我整理書櫃，翻閱到當年就讀師專的校刊《北師青年》中，我的數篇投稿文章，同時也赫然發現他也曾投過不少稿子，他的文學造詣和文藝才情就相當出色。他在師專二年時，就得過論文競賽首獎！當我將刊物的封面和得獎文章翻拍傳給他時，他驚訝得說不出話來，說：早已忘了那些事；師專畢業後也甚少寫文章，更遑論投稿云云。他也讚賞說我當年調回雲林故鄉的決定很好，平淡的鄉居生活也饒富意義。沒想到當年我們都是熱愛文藝的青少年，如今多年過去，我依然兩袖清風，而理財有成的他，依然低調的做善事，簡約、認真充實的過退休人生。

和葉兄在臉書和line中互動不久，我把這年來，與太太出版的數本書寄給他指教，一方面感恩他當年的照顧恩情，一方面也希望他能提筆，寫寫他精彩的人生故事，彼此激勵。

他看了書後，傳來他的心得說：「萬來兄：你心璞情真，才能寫出如此溫馨感人作品；也因你厚德載物，才能擁有多才多藝，好學又懂情趣的妻子，聰慧純真的一雙女兒、福壽兼具的父母、珍貴的手足情誼。也羨慕你的鄉居生活。人生道路有幸遇見過你，也祝瓊慈榮任校長，任重道遠。你和家人有空到臺北，歡迎來相聚。……」讓我非常感動。

雖然和葉兄已近三十年未見，但同學的熱絡情誼依然未減。我也期待，有朝一日，我們兩家能相見歡；讓我再重逢時，當面感謝他當年的關照之情。

懷想班級廚師媽媽

說起林阿姨，讓我又回到三十五年前，她是一位慈祥值得親近的廚師阿姨，很善待我們的胃。因為我們就讀省北師時，即將畢業的五年級必須要到國小教育實習；當時，我們的指導教授蔡義雄身兼附小校長，得地利之便，我們就在附小進行為期三星期的教學實習。

當年我們都是青少年，師專的大鍋飯伙食固然還可以，但吃久了總是會膩。到附小實習，三餐都在附小用餐；因為許久沒有吃到家常菜，又是經驗老到的廚師阿姨操鑵，所以每天大家都吃得津津有味，幾乎餐餐盤底朝天。對於廚師阿姨的照顧，大家都感激在心，也成為實習歲月裡甜蜜的回憶。

畢業後，我們多在北部服務，因此與林阿姨相處彷彿一家人，大家互通聲息，彼此關懷。我們幾位同學在北投復興崗服役時，林阿姨的女兒還利用假日到營區探訪我們，我們很是窩心。雖然我們離開師專後，各自星散，但只要有同學結婚的喜宴場合，我們都會邀請林阿姨前來參加；她似乎已成為我們班的媽媽了。

記得三十年的六九級畢業聯合同學會場上，我驚異的感動，因為已二十年未再看到她，雖已滿頭華髮，但紅光滿面，依舊笑容可掬的招喚著我們。雖然她不一定全記得我們，但看到我們依然的親切熱情，一如久未見面的親人一般，讓我們不禁湧現當年她用心照顧我們的恩情。

第四輯

雲林深切呼喚

歸來吧，雲林好子弟

車載就讀高中的小女兒到斗南搭車時，看到電影《候鳥來的季節》的看板，立在車站的廣場一角；聽小女說，這部影片曾到學校去宣傳。

曾在電視上看到這一幕：你的雲林印象是什麼？記者以「候鳥來的季節，俯瞰雲林美與愁」為題問大家。導演蔡銀娟鏡頭下的雲林，有許多令人嚮往的美景，卻也有難以化解的哀愁。影片闡述雲林鮮為人知的現況，藉候鳥反映遊子的鄉愁。

許多雲林的菁英子弟從三、四十年前，就離家飄泊異鄉討生活，尤其落腳北部的最多。秋涼季節一開始，除了幾處繁華市鎮，到處充斥著中老年人及幼小孩童的雲林鄉鎮的許多角落，更顯無言的悲涼。這二十年來，尤其入冬之後的枯水期，東北季風一再颳起狂風沙塵，除了空氣品質惡劣之外，濁水溪南岸的許多鄉鎮，每次都得接受沙塵暴的侵襲，呼吸道倍受摧殘，咳嗽、感冒等病患增多。每天有吃不完的沙塵，屋舍內外，無一處倖免：這更凸顯雲林人的無奈和悲哀。

青壯年的一代，工作、事業都在異鄉，就連退休後，他們的生活圈也在他鄉；尤其他們的下一代的就學及就業，都在當地，無法返鄉照顧年老雙親；或兒有意歸鄉奉養雙親，但媳婦及孫子則未必能適應無電影院、咖啡館、百貨公司、大賣場、文化展場等等的偏鄉生活。

雲林這片土地，是供養台灣泰半子民的糧倉之一，卻長期被忽視，造成菁英子弟出走，留下難解的家庭與親情的兩難困境。故鄉在西螺的蔡銀娟說，朋友看到她拍的電影，曾不敢置信的問：「那是六〇年代的雲林吧？」她說：「不，這就是現在的雲林！……」的確，希望雲林人都能聽聽在地自己的故事，也希望所有人都能停下腳步傾聽、關心雲林的現況與未來。

電影諸多鋪陳的情節令人感動，也是雲林家庭普徧的真實縮影；在溫暖的感覺中，卻又留下一聲聲的哀嘆。大部分的雲林人，在年幼或青少年時期，讀書和工作時就離開雲林北上，在大臺北定居後，渴望如候鳥般在天空翱翔；但現實生活中陷入精神和情感難以依歸的複雜困境，難以排解。在其他縣市人的眼中，可能無法深刻體會，但身為雲林子弟，活生生的故事就在身旁出現，卻只能三聲無奈的默然無語；因為一切都是難與老天抗衡的宿命，也只能無語看蒼天！

期待出門在外生根有成的雲林人，能有「還鄉幸福」的念頭，能努力無私奉獻的反哺雲林，讓幸福起飛，再現雲林的純樸和亮麗的未來……。

一位雲林子弟的心願

（二〇一三、十、三，馬祖日報鄉土文學副刊）

從十二歲國小畢業，我就從故鄉雲林離家，去就讀台南的私立中學，開始飄泊異鄉，讀書、工作，是一位自覺沒有明天的天涯浪子。但，卻能幸運的在異地結婚生子。直到一九九五年八月後，才返鄉定居，已是三十多歲的青年了。其中充滿諸多悲喜的故事，讓人樂，也使人苦。

每次閱讀有關敘寫雲林的許多作家詳述故鄉風情時，我都細細閱讀，常會受到激盪和影響。他們看到不同於自己的雲林故事，對雲林這片土地的抒情與感懷、想要點亮雲林的用心，擦亮我的視野，讓我感動，深深感受著滿滿的溫馨。

在小時的記憶裡，雲林這片土地相當貧瘠，各種資源都太少，不少人從小就離鄉讀書，或為未來打拚。多年後也在異地結婚、生根，只在年節，才能返鄉與家人團聚。我在旅居異鄉的歲月，心底時常湧現「台北不是我的家」、「黃昏的故鄉」，以及

「媽媽請您要保重」等懷鄉的歌曲⋯⋯。十多年後，雲林母地終究喚醒我的遊子心，重新拾回童年與父母家人相聚的歡樂；下半輩子不離不棄了！

農鄉平淡生活的四季，以冬季的蕭索和嚴寒，最讓我刻骨銘心。尤其每次東北季風颳起，彷彿是颱風來襲，我居住的平原大地崙背，毫無任何高建物、防風林的遮攔；與兩公里外的麥寮鄉一般，都是典型的風頭水尾。而崙背，最近更是聞名全國空汙的「紫暴」之地。愈是冬日酷寒之際，濁水溪沿岸颳起滾滾塵沙，眼睛所見都是一片灰濛濛，天天都要與沙塵暴搏鬥：「喫飯攪沙」是生活的日常；昏天暗地的景象，是心頭難以承受之痛，更是難以掃去的陰霾。

雖然門窗緊閉，地板與家具桌面都是厚厚一層沙，令人恐慌得無所適從；有人還在桌上做沙畫自娛，說來真可憐！而村民只能勉強過活；不然，又能搬到哪裡？我與作家郭漢辰敘寫的「尋求藍天啟事」的心情一樣，祈求藍天重現，閃耀於天地間。

我鄉雲林是全國蔬果的重要產地與銷售中心，水果如：哈密瓜、香瓜、柳丁、橘子、柚子、香蕉、木瓜、鳳梨等等，應有盡有。而蔬菜類的蒜頭、蔥、高麗菜、花椰菜、花生，蕃薯、大小蕃茄，胡瓜、南瓜；各種葉菜類，更是種類繁多。退休後的我，跟著老父學習莊稼種植，從事水稻農耕，深深體會耕作的苦與樂。每當站在一望無際的田野上，心思著這塊供雲林子弟生活的土地，是何等的壯闊豪氣，孕育著堅毅自強不息的雲林精神，祈願老天多多眷顧勤奮的雲林鄉親。

而最近這段歲末時日，雖然風飛沙會傷人、刮裂皮膚，造成一些呼吸性的疾病；但是農夫農婦為了討生活，養育下一代，照顧上一代，只好披星戴月的下田工作。他們卻不知道要戴口罩；我自己也年進耳順了，才知道要戴口罩、購置昂貴的空氣清淨機來「保命」。然而村民幾乎整天都泡在田地裏，不論颳大風或下豪大雨，因為這就是他們的生活。而我也學習著他們在這塊土地上生活吐納，希望在平凡的歲月中，能求得身心的安適自在；如此，於願足矣。

用書串起鄉親情

出版數本拙著之後，常因怕出版社不敷成本，都主動的以版稅換書，送給左鄰右舍和親朋好友結緣，傳書香。

話說，有一次到鎮上辦事，將我和老婆各一本舊作，送給一位長我數歲的村人溫明星大哥（他妹妹是我國小同學）閱讀。他在靠國中街角的地方開國術館，我曾幾次帶父親去給他敷藥。他醫術高明專業，視病猶親，我的尾𡡉和幾位村人，都曾到他那邊拿中藥敷藥膏。

這陣子入秋之後，傍晚五點過後，天候微涼，正適合外出走路散步。我常走在田間的產業道路上，看到開國術館的鄰居，跟我打招呼，短暫的寒暄之後，他說是我四姊的同學。當年因家境貧困，曾和我的父親及大姊、二姊一起到村裡和村外打零工，加入插秧、收割稻穀，和砍甘蔗的農作團云云。

逐漸熟稔之後，他教我養生之道，告訴我，他天天風雨無阻，每天早上五點多天未亮，就騎腳踏車做運動。鄰近田間道路和村莊都很熟，因為他一騎單車最少都十公里以上，他的恆心毅力，讓我很敬佩。

每天傍晚，他飯後騎單車約半小時後，又要趕到崙背街上去上七點的夜班門診，我有時晚出門散步，就在暮色中看到他單車上的一盞小白光迎面而來。有一次，我一面跑步和一面跟著騎單車的他，兩人相談甚歡。我跑了近五百公尺的路段後，氣不太喘，他說，我的體能和肺活量不錯，要我繼續保持；還說，最好每天睡前在床上做十次的伏地挺身，有助於腹部肌肉的鍛鍊……。

有一次，我陪老婆走路聊天，說說笑笑的，不一會兒，他騎著單車出現在我的旁邊說，我只顧著和老婆談天，也不跑步了，這樣體能會退步喔！所以，我每次走路散步，看到遠遠的燈影照過來，我的腳步不自覺的輕快慢跑起來。又有一次，他叫住了我們夫妻，談著他住在村裡的諸多生活故事。這些都是我從未聽聞的，因為我自國小畢業離家，在外工作生活了十五年，如今已在故鄉落腳的這二十年來，似乎也是陌生人一個，甚少村人對我傾吐心事。

原來，他跟他父親學習接骨國術之前，也從事駕駛耕耘機，為不少村人翻土、整地、種花生等等。他說，不論是哪戶人家，只要找他工作，他拿的費用都會減少兩、三百元。還有一次，因為颱風來襲，雖然半夜三更的，依然駕駛著開燈的耕耘機為一位村婦種花生，讓那位婦人至今依然對他很感謝，逢人就說他是她的大恩人。

對於落難的同村朋友，伸手付出關懷和金錢的幫助；對於廟裡的神尊生日，擔任爐主的他，自掏兩、三萬元請來布袋戲班表演，拒絕廟裡向大家收丁錢。總之，他說，因為靠廟裡神尊對他的家人及全村的庇佑，所以自己出點錢是應該的。這些事都是我首次聽聞的。

沒想到我的幾本舊書和村人結緣，他們逐漸把我視為知心好友，有空就在村人面前講我的好話；透過我寫的書中的諸多故事，認識我。說我為人很慷慨，送書給他們增加見識，是孝順的好人；有的還因其中的篇章感動得哭了呢！當然，還有一些村里的鄉野風情，向我傾吐……。

（二〇一六、三、五，金門日報文學副刊）

贈書的情意

在南部故鄉窩居，感受到做生意人的熱情，他們一點都沒有市儈氣，有的卻是濃濃的人情味。幾位生意人幾乎都變成生活上的好友。

曾在北部出版數本散文集，除了送給左鄰右舍和親朋好友結緣之外，這些生意上的朋友也都是我贈閱的對象。

有一次，家中已購買數年的洗衣機排水管阻塞，機器故障停擺，只得向崙背聲寶的廠商求救。他們動作很快，隔天就來整修；因為沒有用到耗材，所以他堅持不收費。因他來回奔波六公里，需要油錢和工錢才划算，但他卻相當客氣。之前，有一次與他閒聊，得知他們夫妻都是中文系畢業，如今從事電器產品的生意，平日也是愛書一族。所以我跟他說:「既然你不拿費用，我送你幾本自己的散文集供你們賢伉儷消遣。」他竟然喜出望外地接受，拿到書後隨即翻閱一下，再跟我道謝後，揮手告別。

最近秋涼時節，屋後菜園整地後，老婆種下了蕃茄、茄子、菠菜，美生菜等等。可惜，用不到幾天的澆灌馬達水管破裂，抽不出水來。屋後菜園的各種蔬菜眼看就要受災了，隨即拜託楊老闆來修理馬達。幾天後，我有事外出一返家，屋後菜園已帶來一片生機，我們夫妻很開心。當我打電話給老闆詢問修理的費用，他說，沒修理甚麼，所以不用錢，讓我很過意不去。

所以有天趁上街採購民生用品之際，送幾本拙作到他經營的店裡。只看到老闆娘在整修店裡面的馬達，我告知來意，並且說幾本舊作送給孩子閱讀。她說，她的老公很喜歡看書，老公看完才給孩子看；認為出書不簡單，也會珍惜閱讀。她跟我千謝萬謝的。

看到她雙手上佈滿烏黑的油汙；她能如此賢慧持家，相信這家店一定生意興隆。事後得知，他們夫妻在鄉下經營的店，生意的確很好，要出售和修理灌溉莊稼的馬達的案子，忙都忙不完。

雖然那只是我幾本舊書，因為他們能歡喜接受，因此能一起共譜書香生活的有情世界。

（二〇一五、十二、十六，金門日報文學副刊）

帶孩子走出去

雲林縣的風景名勝古蹟不多，但只要把孩子帶出門，孩子這一天就覺得很快樂，一回到家，晚上睡得特別香甜。

一部車，可以走遠路，也可就近賞景。有一天，帶著孩子要用的飲用水、餅乾，我們讓心靈敞開來，孩子的落腳處就近在三公里的國小遊樂器材場。孩子從畏懼上單桿，進而能在單桿上翻滾，做前後滾翻的動作，一次比一次精彩，一次比一次大膽，樂此而不疲！

偶爾，我們會帶到離家五公里的新設幼稚園。這所標榜藝術、雙語全方位的美奇幼兒學校，在鄉下地區可算是首屈一指的，除了佔地廣、校舍新穎之外，室內遊泳池、電腦教室、奧福音樂教室、陶藝美勞教室等。更有吸引人的新設的遊戲器材，讓孩子玩得不亦樂乎；時常這樣玩玩，那樣動一動，一下子盪鞦韆，一下子溜滑梯，玩得滿身大汗，滿臉通紅。更有讓孩子百玩不厭的純白的大沙坑，可以同時容納二十幾位小朋友玩。看他們堆沙堆、玩小鏟子、小桶子，東奔西跑，享受赤足之樂，做真正的自然之子，真為他們感到高興。

大人聊聊心中事，交換彼此工作、生活、家庭的趣事，小孩子馳騁在自然的天地中，度過幸福美麗的一天⋯。

關掉誘惑迷人的電視，帶孩子到戶外走走吧！

（二〇一二、三、六，人間福報家庭版）

都市少女農事初體驗

大女兒帶著她的幾位生活在都會區的同學，說要來家裡打工換宿，進行農作的體驗。因為她的同學看到大女兒放在臉書上滿園翠綠的蔬菜，覺得我家三合院屋後的二十多坪的菜園，讓她們覺得農事體驗一定很好玩。身為農家子弟的我，當然願意長居都市的年輕人來鄉下遊逛，體驗農家生活。

在約好的日子，女兒帶著同學們來了。我到崙背街上去接她們，也到附近的有名的景點——詔安客家文物館走走，再到圓環旁的阿火肉丸品味在地美食。晚上，幾個女孩子在女兒的房間聊天、翻照片，開心的享受著鄉下農莊的寧靜，沒有市街的喧譁，只有蟲鳴和蛙叫的交響曲。

次日清早，在老婆的指導下，女孩們戴上棉手套和手袖，一字排開各就各位的蹲著、彎腰，先從除雜草鬆土開始。看她們雖然久居都市，但拿起鐮刀和小鐵耙子依然有模有樣，一教就會。在一旁的我加入觀察、關心和拍照的行列。我告訴她們，如果工作累了、腰痠了，旁邊有小板凳可以稍作休息。

隨後，我上了一趟街上採購，購買了我童年就愛吃的炸蘿蔔糕和炸蔬菜包，要給她們當點心。「勞累工作後的點心最美味了」，她們一面喝白開水一面說，滿足寫在她們臉上。

我們一起返回菜園，陽光逐漸露臉，大家依然或彎腰或蹲著，奮鬥中。接著每個人興奮的各拔了一顆比碗公還大的花椰菜和美生菜擺姿勢拍照留念，老婆要她們返家時，將自己所拔的美生菜帶回家佐餐，每人都興奮不已。

她們工作到快中午才休息。下午四人已將幾畦的雜草拔完，還整理出一畦的菜圃，由她們輪流灑種後，澆水。接著，合作割了一畦種了一整年的韮菜，用兩個大臉盆裝著，歡天喜地的說晚上要包水餃。

傍晚，大夥兒蹲坐在廚房的一角整理韮菜，一面拌絞肉，一面開心的聊天，廚房顯得擁擠卻熱鬧。想到這些都會女孩子包起水餃有模有樣。看著她們自己下廚房煮水餃，滿足的吃著自己親手包的水餃，臉上洋溢著欣喜。

第三天下午，我們三人與她們在庭院前的老牛車旁，和翠綠的龍眼樹前合影留念。隨後，老婆和她們一一擁抱告別。她們戀戀不捨的說，下次還要再下鄉體驗打工換宿，享受鄉野風情。

我們當然熱烈歡迎。很感謝她們為我們平淡的生活帶來歡樂與青春笑聲；簡單而美好的幸福感，不禁湧上心頭。

（二〇一五、七、二十三，中華日報副刊）

小鎮買菜樂趣多

市場匯聚芸芸眾生；如果孤單，走一趟早市，相信會有聽不完的故事，也有看不盡的人生百態，是一幅浪漫迷人的市井圖。我夫妻倆平日忙於上班，只有週休才能逛市場。我們常採買一週的分量。為了省力，總要拖著菜車前行。

披上金黃的旭陽，蒞臨崙背的早市。孩子還小，雙親年老，一切家務都要靠妻子的付出。我樂於成為妻子的小跟班，以她的意見為意見；她也會留意我想吃的，讓我也有甜蜜感。夏天盛產的蘆荀、苦瓜、竹筍等，而其他當季的蔬菜、水果——香蕉、鳳梨，芒果、水梨等，加上魚肉生鮮，也都不遺漏，搬回家來。

退休後，竟日難得出門，上市場成為平凡生活中的悠閒逸趣。非假日，經常是一人上市場，看看來自淳樸鄉土的眾生相，是有趣的旖旎風光。公有市場的攤販有近百攤，把兩條街擠得滿滿的。街內有隨時冒出來的「個體戶」，賣自家種的南瓜、絲瓜、空心菜、蘿蔔、甘藷葉、蔥、玉米等等。在市場內外繞繞，魚肉、菜香瀰漫的氣味也跟著上身；在食人間煙火之際，感受生命的幾抹瑩亮色彩，也會覺得自在和幸福。

市場排不下的攤販，就在崙背農會旁、診所旁的馬路上，或在電力公司旁的紅磚道上，以及中華電信旁。有一鴨兩吃專賣的烤鴨小貨車；整車的古坑、關廟鳳梨、蘋果，水蜜桃也來湊熱鬧。這些賣蔬果魚肉的攤位，大小也有十來攤，市場內外大拚場。意氣昂揚的小販們，精神抖擻的吆喝，以靈柔的手勢，真情邀約，令人停下腳步，前往探訪。

有時手上已採買一菜籃車，但看到同村或朋友的家長也來擺攤賣菜，又多少買一些。有一次，我幾乎將一位好友的婆婆家種的、沒噴藥的有機蔬菜全部買下，主要是那天有些微冷意，光顧的人不多，想早點讓她休息。她在電力公司旁的紅磚道上，就地鋪上長形塑膠帆布，四季豆、大茼子、茄子、青江菜、絲瓜等，在眼前鋪陳開來，凝視之間，心湧畫意，像一幅色彩豐富的水彩畫。

我常向路邊的阿婆、身體不便的小農買菜、買水果；固定向某些攤販採購，基於彼此信任，好像是很好的朋友一般。曾經為了燉雞湯，我向郵局對面的一位外配媽媽購買雞肉，回家即可用電鍋燉煮，非常方便。

有一家素食料理專賣的攤位，是我哥哥的國中同學應昇先生所經營，種類繁多，如：養樂多、豆類製品，手工饅頭、麵線、蜂蜜，兼賣慈濟的五穀粉、燕麥薏仁粉等；夫妻倆都是慈濟委員，為人誠懇熱情，我的功德費都是交給她處理。各地偶有急難募款，她總是號召大家作功德。還曾將她家種的香蕉、酪梨、高麗菜等免費贈送，讓我感動。

當我拖著很有份量一菜籃青蔬、魚肉走上一段路，看著秋光耀動的彩色季節裡，大地繽紛，天藍遼闊、雲彩流動，市集熱鬧的生活景象，來往的人潮和車潮，冥想著莫內彩筆下的流金歲月，心內湧現一份婆娑世界的綺麗，以及庶民平安生活的感動。

（二〇一五、八、四，更生日報大家談版）

熱鬧的廟會

一般來說，小孩子最期待的，莫過於每年幾次的神明生日吃辦桌；所以，當天，大人忙著殺豬宰雞鴨，小孩從早上就感染熱鬧的氣氛，上起課來特別有勁……。

童年時期，我最期待過節慶的熱鬧氣氛。每次的端午、中元、中秋、十月半的廟會演平安戲，那熱鬧滾滾的場景，總讓平日寧靜的農莊洋溢歡愉的氣氛，令人難以忘情。

年節前夕，許多出外打拚的村人，甚至寄居在外的，包括我的幾位姊姊們，都會提前返鄉湊熱鬧吃拜拜。以往鄉下人的經濟匱乏，平日難得吃到大魚大肉，小孩子不到下午放學時段就心神不寧；等到老師一喊放學，個個匆忙奪門而出，趕緊衝到歌仔戲和布袋戲臺前巡禮一番，享受戲班子敲鑼打鼓的喧鬧氣氛。

宮廟的神明生日、平安節慶，都是村裡的大喜事，必會有抬轎巡村的儀式：有來自各地的神轎、陣頭遶境踩街。家家戶戶門前擺上香案，以清香、四果祭拜，放鞭炮為神明慶賀。每個人虔誠地雙手合十膜拜，口中念著：「請神明賜福全家平安、風調雨順」等祈福語。甚至外請媽祖和王爺等神尊，供奉在宮廟神壇，讓村人祭拜保平安。

此時，除了拜拜之外，由個人樂捐或收丁錢（每人五十元），作為供請戲班和購買廟裡鮮花、素菜、水果、金紙錢等的費用。從前都請歌仔戲和布袋戲來表演，晚上播放電影。現在還加請電子琴花車唱歌秀，來炒熱氣氛。家家戶戶盡其所能地辦幾桌流水席，宴請遠地的親朋好友，一同慶祝過節。

節慶當天下午，許多聚集的攤子販賣著醃製的芭樂、燒酒螺、梨仔糖、棉花糖等。各式各樣的布袋戲偶、玩偶，燦亮的氣球飛舞著，五色聲光齊舞；與廟口的舞台互相唱和，以吸引人潮，全村的男女老幼都一起來湊熱鬧；真是歡樂無限，難以忘懷的過節滋味！

（二〇一四、二、四，青年日報青年副刊）

夜市的謎樣風情

夜市不同於早市，夜市的衣食玩樂，在夜晚華麗燈影及熱氣氤氳的氛圍中，逛百貨、飲食，充滿謎樣風情。

在週二和週五兩天傍晚時分，一輛輛的大小貨車進入大廣場集結。從車後掀開圍布卸貨，開始進行他們一夜的營生擺攤。而聚攏而來的人潮，讓小鎮充滿庶民的渴望。

雲林這個縣除了虎尾與斗六兩個大夜市之外，每個鄉鎮都有規模大小不一的夜市。而這種經濟生活的樣態，很貼近、滿足常民生活的需求，讓寂靜的小鎮熱鬧起來。尤其在電視影集『夜市人生』和電影『雞排英雄』的推波助瀾下，更讓人覺得需要體驗夜市風情。

有一次，到虎尾的夜市去找朋友，發現根本找不到停車位，才發現原來雲林也有這麼大的夜市，人潮與規模不輸大都會，湧動的人龍與擴音器的叫喊聲，幾乎讓人暈眩，迷失了方向。也曾到過斗六夜市，規模也很大，只是場地小了些，但人聲鼎沸，人潮推擠，難以行走，連要看看攤位上到底賣些甚麼，也難如願，只好匆匆的買兩分串燒，與它說再見。

現代人，逛逛各地方特色的夜市小吃，成為旅人必造訪之地。我曾經跟團到基隆旅遊，廟口夜市名不虛傳。我與同伴一行五人，在他們女兒簡訊的指點下，吃一碗甜酒釀大湯圓：位置只有十來個，我們在一旁等候；前方客人一走，馬上坐上位子，叫了五碗，因湯圓需加烹煮，所以要等待。我觀看四周，這攤沒有招牌的生意好到不必招呼來客，三位人手有點忙不來；反觀有些店家，都是出動一人在門口叫客，但客人總是有所選擇，真是生意好壞兩樣情！

跟著大姨子到中壢的新明夜市，看到沿著繁華街道蜿蜒而成數公里的攤家，逛到眼痠還看不到盡頭，腳痠還走不完；兩三小時下來，人累癱了。而到台南的花園夜市，煙霧瀰漫，狹窄的走道，人聲雜沓，攤位幾乎都沒有座位，無法容身。趕緊搜尋麵攤，各吃一碗麵算是一頓晚餐！

夜市一處比一處壯觀和熱鬧，燈火璀璨耀眼；故鄉崙背的夜市真是小巫見大巫了！都會區的夜市，攤位數不盡，種類繁多，氣派輝煌，已成為旅遊景點和飲食文化的特色。雖然如此，我仍然偏愛故鄉小小的夜市，充滿謎樣的手采，感受到生活的滿足。

不少全家大小悠遊自在的吃著火鍋、鐵板牛排或麵食，尤其是孩子們，彷彿是吃一頓大餐的欣喜。一串燒烤、一碗剉冰、一杯現榨的果汁，也甘之如飴；這樣的夜晚，令人著迷！令人趨之若鶩的夜市，在平淡的日子裡、無華的小鎮上，心頭也如添增柴火，熱了起來；尤其秋冬季節，更增加無限溫馨與暖意，這也是一種小確幸。

（二〇一五、六、二十三，馬祖日報鄉土文學副刊）

憶寫元宵燈會情

經過雲林縣政府及地方這一陣子的努力，雲林這個縣市，終於一圓多年來的夢想：今年臺灣全國燈會，終於在這裡舉辦！

這一陣子，媒體和網路大幅報導雲林籌畫燈會的種種。離燈會舉辦日已經破百；這段時日舉行主燈的動土儀式，邀請全國的製燈師蒞臨雲林參展和參賽；舉辦全縣中小學千人教師花燈研習；招募數千人的志工；企畫全臺各校的花燈比賽；舉辦優質文創選拔；規畫花燈的動態路線、……。雲林上下都要動起來，令人欣喜萬分，期待一〇六年花燈展的那天來臨，也期待和歡迎大家一起來賞燈。

這不禁使我想起，每次燈會都是人擠人和停車的麻煩問題，使我對遊逛臺灣燈會的興趣缺缺；所以，多年來都無緣見識燈會的盛況。

那年元宵燈節才剛開始的週六上午，妻說，姑姑就住在中興新村附近，何不把車子停在她家，只要解決停車的問題，就可以好好的欣賞難得的二〇一四燈會。老婆的主意讓我的心緒飛揚起來，立即付諸行動。

那天下午五點左右，我們就抵達妹妹家。提早吃完晚餐，帶著女兒和姪女，從她家出發，沿路走到中興新村的椰林大道。在暮色中，看到兩排數千個大小圓形的彩繪燈籠在風中逐漸發亮，盞盞燈影搖曳，像一雙巨人的雙手展臂歡迎來欣賞燈會的訪客，心中頓時升起一股美感的喜悅。還不到半小時，沿路可見從四處聚攏而來的人潮。在圓環看到首座的大型花燈「時來運轉」。這時，我看到人人舉起手機、相機，在花燈前閃個不停。

走到各個燈區，真正體會到人擠人也有樂趣；看花燈，也看人潮：或儷影雙雙，或一家扶老攜幼，或全家護衛著坐輪椅和電動車的老者。

身在燈區，才覺得盛況空前的燈區如此壯觀浩大，就是連續四、五小時也逛不完，真是愈夜愈美麗。我們一家人的心也狂放起來，每到各鄉鎮、各展區的燈區前，都要與它們的花燈合影，心中讚歎連連。

一盞花燈有一盞花燈的特色和用心，不論是大型高聳數十公尺，各色燈影變化萬千，仰望不盡；小型花燈也小而美，值得細觀，各有千秋。

我們在大型副燈「珍禽爭豔」的孔雀、「臺灣酷比熊」的黑熊、「福祿安康」的水鹿等燈座前，留下歡樂的倩影。在主燈「龍駒騰躍」前，觀賞每半小時一次的主燈燈光秀。旁邊的舞台，還有國內外的藝人表演，熱鬧滾滾。參觀千載難逢的嘉年華會，斑斕、燦爛、創意十足的花燈，美不勝收，讓人徘徊留戀，不忍離去……。

（二〇一六、十二、十四，更生日報大家談版）

高鐵返鄉路

虎尾高鐵站在二〇一五年的十二月一日正式通車。十一月一日開放參訪及訂票之後，不論媒體報導、朋友的臉書和line，都傳來虎尾新站光鮮亮麗的諸多影像，讓我心頭癢癢的。終於也有機會和老婆一窺究竟。

我們從崙背海線的家，開著車前往高鐵雲林站所在的虎尾墾地里，才不過二十分鐘。在遠處即可見一盞盞耀眼的亮光，整齊排列在遠方的田畝之上，有如在漆黑夜空中撒下閃耀的一排排璀璨的珍珠。當車子緩緩駛入高鐵雲林站停車場那剎那，感動的激情湧起。

在高鐵雲林站開通前，多少鄉親搶先來站拍攝留影，開心地聚集在尚未開通的雲林高鐵站廣場，要記載著這雲林歷史性的一刻。到現場看到寬敞新穎的流線設計，處處讓人驚喜的建築，也看到鄉親的黝黑的臉上掛滿興奮之情；而我的心緒更是高昂，千言萬語一時難以說盡……。

這幾年，每次路過興建中的虎尾高鐵站，心中總是難掩喜悅。如今看到高鐵新站，我彷彿看到雲林的新希望、新未來，看見美麗的雲林起飛。

我從一九七五年到臺北就讀師專開始，乃至服役、從事教育工作等，總是搭著客運或是臺鐵的火車，往返故鄉，這一走就是二十年。

每次回家，從臺北站上車，客運會繞到三重，再到林口載客；在市區就走走停停，遇到上下班，更是寸步難行，再回到高速公路……。而車行到雲林後，即一路繞走到大小鄉鎮，到西螺，再往二崙、崙背，再回到五魁村的老家。一趟路要花四小時以上。過年節更要耗時五、六小時以上，所以在印象中，一整天都在坐車，想起返鄉路遙就是心裡的夢魘。

臺鐵方便居住在雲林靠近山線的林內、斗六和斗南等居民；對住在虎尾以西海線的居民而言，若搭火車到了斗六火車站，家人還得要開車單趟一個小時，才能接送。返家只能選擇搭公車回去海線鄉鎮，單趟車程都要一個多小時以上。如接駁公車未銜接上，時間則更久，而且公車班次不多。如果時間在夜晚七點以前，幸運地可以坐上接駁車，但有時卻會錯過車班。如果沒搭上末班公車，那可就麻煩了；搭車站前的計程車，單趟要價數百元，更是經濟的一大負擔。

也許大多數的外縣市民認為「多開通這站，北高的時間又要被拉長了。」但他們不知道，雲林高鐵站的開通，是多少雲林人的期盼。多出的這十幾二十分鐘（其實可以跳躍式的停靠），讓雲林人到臺北，可以節省至少近兩小時的時間。高鐵雲林站讓雲林人往返北、高方便許多，也讓返鄉的路更近了。

（二〇一五、十二、十七，中華日報副刊）

故鄉猶然呼喚著

南臺灣的十月午後，秋老虎仍熾烈咬人。我因為要驗汽車，所以便到崙背小城走一趟。

驗完車，走進歷史老舊的圖書館，整棟建築充滿古早味，開架式的館藏圖書都在二樓。由於位處農業偏鄉，平日來圖書館的人並不多，只見幾位媽媽帶著孩童來借書。

走進開架式的書庫區，我看到滿櫃子都是近兩年出版的書籍，雖然有些舊了；不過書不論新舊，既然出版，便有其存在的價值。又走進一排排用鐵架分類的叢書，讓我大開眼界，……

下午四點半，我聽到垃圾車音樂沿街響起，伴隨鼎沸的談話聲。我好奇地倚在窗邊，看著他們自在的寒暄；那是庶民的小確幸。生活在社會底層的清潔隊人員，任勞任怨地付出心力，才使街貌和環境整潔亮麗。對於為社會默默付出的人們，我們只有心存感恩。

步出圖書館，暮色逐漸從四方籠罩而來。走到附近的停車場，看到一對年輕夫婦擺攤，他們以彩筆書寫看板，牛肉、豬肉餡餅每個三十元，兩個五十元；韭菜盒子每個二十元……。他們帶著知足的笑容，忙碌地招呼遊客。

我一面開車，一面欣賞充滿生機的小鎮風情。在那條小街上，小攤林立，菜頭粿、蔥油餅、小籠包、紅豆餅、爆米香、貢糖……等在地美食；還有賣披薩的機車騎士沿街叫賣，正吸引家長和學生的味蕾。在傍晚時分，看到佇立街角的身影，那些畫面都成為繽紛暮色裡動人的風景。

秋日的夕陽緩緩輕輕地隱身西落，來不及觀賞的渾圓只剩下半顆，彩霞渲染美化了心頭，也映照著善良的容顏。但願純樸的鄉親，都能幸福滿溢地度過每一天。

天色逐漸昏黃，一盞盞路燈亮起。我踩了油門，向老家的村子前行。因為家裡的米飯飄香，我情緒平和、自在怡然，不自覺地輕吟哼唱起臺語老歌：「黃昏的故鄉」：

「叫著我，叫著我，黃昏的故鄉不時地叫我……。」

那是生命裡最美的圖騰與記憶。

（二〇一五、十一、十二，青年日報青年副刊）

鄉居人情暖

老婆常說，她很單純，不懂人情世故。在生活上，我只注意禮尚往來，所謂「吃人一兩，還人一斤」，「點滴之恩，湧泉以報」。

前一段時間，颱風水災連番來，造成菜價昂貴，連盛產蔬果的雲林，菜價也居高不下。鄰居婦人當時栽種有幾分地的瓠瓜，雖然遭受風雨的摧殘，災損不少；但部分的瓠瓜已經成熟，可以採摘銷售，我為他們感到高興。

有幾次我去田裡巡視水稻時，正好鄰婦在採收瓠瓜，她就送了兩顆給我，我很感動，回家享受一頓甘甜滋味的瓠瓜排骨湯。幾天後，她婆婆又將幾顆瓠瓜送來我家；吃著鄰居鮮採的瓜，一家人的心中都充滿感恩。

這些日子以來，一直想著如何回報他們：送些以前稍舊的童書給她的小孩好嗎？或是買些東西回送？要如何才不失禮？這可真難倒我了。

所幸，日前與老婆從山中娘家回來，車上載著幾串香蕉、一些醃製的脆筍。心想這些山上特產他們也許會喜歡，因此我拿了兩串香蕉、脆筍，還有他人餽贈給老婆的菇貓（香菇及過貓子菜）水餃兩盒；總算還了鄰居的人情債，心中輕鬆不少。

而老婆換了工作地，她的夥伴集資買禮物送別：一盒木箱裡，裝滿油畫顏料和畫筆等工具，還有一張油畫布。這對前一段日子狂愛水彩畫的老婆而言，油畫將開啟她另一段對畫畫的狂熱，可見夥伴們對送禮的用心。既然收了禮，老婆也動了不少腦筋想要回禮，可是也不知如何是好。送禮、收禮和回禮都不容易。

好在前些天與老婆帶岳母到中壢大姨子家。我們一行人與大姨子在閒晃到臺北的大稻埕。她們找到永樂市場布莊，欣喜地採購了不少平日難見的布料。那天，老婆突發奇想，何不向專業的拼布專家——她的大姊討教如何做拼布袋子（可放茶壺、茶具）？她想做二十個給她的工作夥伴當回禮。她想起小學曾長泉老師曾說過：自己動手做的，當禮物送人最合適。我也覺得不錯。

在大姨子的巧思下，找來實務袋作參考，將她們在布莊買來的各種花布，先試做構圖看看。接著，用尺量妥尺寸、剪裁、調整、打樣；做內裏、用珠針定位再縫製。岳母也和兩姊妹加入縫製的行列。有時顧著聊天縫錯位置，只好重做……。這些天，老婆每天沉浸在縫製拼布袋的樂趣中，頗有成就感。平均縫製一個要兩、三個小時，愈做愈熟手，越到最後，時間可省一半；如今已完成近十個袋子了。袋子已完成，也將禮物送給他們的同事，得到滿滿的喝彩與感動。

現在，老婆常在她的電腦前，看著別人的教學影帶；每週六下午，跟服裝製作專家林媽媽學習做衣服。並且繼續在裁縫車旁縫製各種大小的特色包包，有一些她的朋友要向她討包包，讓她覺得有成就感。我也獲贈一個外出小包，可以裝下手機、汽車鑰匙和錢包等。她精益求精，也積極的拜師學藝，她讓我刮目相看，添增不少生活的樂趣。

（二〇一七、十一、十三，馬祖日報鄉土文學副刊）

菜園巡禮好暖心

今年首波冷氣團來襲，雲林夜晚只有十三、四度左右，白天冷颼颼的。村道幾乎無人走動，更增添了農莊的寧靜。在冷冽的天候下，還初逢幾個月來才有的微雨，滋潤了大地，讓屋旁的盆栽，也感受了老天的恩賜。我則心緒沉澱下來，感覺腦海清醒不少，精神也振奮起來。

窗外傳來陣陣雨聲，手握著一杯熱騰騰的黑咖啡，配上在地烘烤的黑金剛花生，口感十足的美好，沉浸在純樸無華日子的氛圍中。咖啡尚未喝完，突然想起老婆上班前殷切的叮嚀，今天趁著下雨，到屋後去，把一、兩塊已經整地的菜園灑種，看是要栽種茼蒿或香菜，還是牛奶白菜都可以……。雖然這只是小事一樁，但好像不是我心頭的要事。有幾次都把老婆的話當耳邊風，她一下班回來都會問我，她交代的事有沒有去做：有時是澆水、施肥，有時是整地和灑菜苗。我總是支吾其詞，其實常是忘記了。雖然，她毫無慍色，對我極度的寬容；但有時也會湧起不安的心緒。

幾個月前，颱風掃過菜園之後，一顆高麗菜兩百多元，根本下不了手；綠花椰和苦瓜、大黃瓜都是天價。幸好，家裡靠的是老婆平日辛苦栽種的絲瓜、冬瓜、甘薯葉、掉落的青木瓜等度日。颱風過後，老婆沒有休假日，一有空就到菜市場買菜苗和菜種；所以，現在屋後滿園翠綠的菜圃，已經夠吃到春節後了。

走出鐵皮屋的書房，雖然冷意襲來，但我想起老婆積極生活的精神，趁著雨歇，我從冰箱取出香菜種籽，用磚塊將種籽稍微磨破，戴上斗笠，趕緊到屋後灑種。近半月未見，滿園的各種蔬菜，閃亮了我的眼睛，讓我心情大振。

灑完香菜籽之後，隨著逛了菜園一圈，看著種得有點擠的蕃茄，已經結了數十顆像雞蛋大的果子，相當鮮綠。美生菜夠大顆了，相當飽滿；三小畦的牛奶白菜爭著欣欣向榮的長大著，已吃好幾餐了，口感柔嫩有別於傳統的白菜。十幾棵芹菜也飄著香味；幾叢蔥來不及吃，也快開花了；一攏攏的韭菜，看了讓人心生喜悅。雖然菜葉濕漉漉的，我依然忍不住的蹲下來採了兩顆沾滿泥土的白蘿蔔。幾天前，第一次煮的香菜、排骨白蘿蔔湯，甜滋滋的，依然讓我回味；哥哥說，真是人間好美味啊！可不是？眼前兩小畦的香菜，都長高了快十公分，枝葉肥美清翠，我手拔了一大把的香菜。看來今天的午餐又可大快朵頤了。

在這冷冷的天，一趟菜園巡禮，讓我感覺些許的溫暖，在淅瀝淅瀝的雨聲中，也能享受單純的美好和幸福。

（二〇一七、一、二十三，中華日報副刊）

又到春耕時節

經營老父交給我們兄弟的兩塊田，就像經營自己的退休人生。那兩塊田地是我一手耕作的園地（大哥仍需上班，他的田地由我一併負責），收益則作為老父的養老金。

感謝老天爺，讓我還擁有一塊田地，一處可以勞動筋骨的桃花源；真是上天的恩賜，作這麼美好的安排。

每當我鬱悶時，走出戶外，步上田埂，眺望遠處，看著滿目的翠綠，雙腳踩在泥土地，心情就放鬆了。遇到同村的長輩和年輕的莊稼漢，我這個門外漢也趁機向他們請教農事的訣竅。貼近大地生活，讓我學會謙卑，放開心靈的束縛，也解放抑鬱和苦悶。

春節過後，嘉南平原的農民就開始忙著整地耕作，逐日起跑。春日韶光易逝，元宵剛過，一轉眼正月就過完了。春暖花開，萬物勃發，充滿著希望。

每次，整理田埂的雜草時，常看到前幾天鄰農才採收美生菜的田地，如今已整地完成，已灌滿了田水，一群白鷺鷥正悠閒地覓食；水田映漾著藍天，白雲飄過，一幅春耕美景映入眼簾，讓人心曠神怡。……

直到插秧完畢，我才鬆了一口氣，歷經半個月的忙碌也告了一段落，我又展開晴耕雨讀的悠然歲月。

（二〇一七、四、十二，青年日報青年副刊）

綠野春耕圖

過完春節，大地春回，人們似乎在沉醉中甦醒，各行各業開始新一年的忙碌。農人更是如此，起早趕晚的，開始展開新一季的耕種。隨著季節的遞嬗，從立春、驚蟄過後，直到清明，這段期間，冷颼颼的寒流依然不斷襲來，春寒料峭；但，一望無際的嘉南田野，處處漾滿無限的春意，眼前綠得徹底的大地，讓我也打從心底喜悅起來。

幾乎每天下午，我都會從書房晃出，或徒步，或驅車前往自家的田園，吸收一點大地新鮮的氣息，感染一些田野的生命力，觀看四周的農地，向有經驗的鄰農討教，全力準備新一期的春耕。心頭有些盤算：田埂的鬼針草與牛樟草該除了，再怎樣的腰瘦手疼，也要咬牙挺過去；一甲多的田地該灌水了、該到育秧中心洽秧種稻了……。

路過兩旁田野間，三五成群的農夫、農婦散落在空曠的農地上，彎腰低頭的從事農作。總不忘跟幾位熟識的村人打個招呼，讚美他們栽種的聖女小蕃茄紅艷艷的，一定甜美可口。他們也不吝地招呼我：要吃就來採摘啊，不必客氣！我怎忍心吃免錢的？因為蕃茄顆粒嬌小、採收非常不易，彎腰或蹲著，又吹風日曬的，可謂粒粒皆辛苦啊！我只能快速離去，以免尷尬不好意思。

大小型的耕耘機具穿梭在田裡翻土整地，一趟又一趟，轟隆隆的引擎聲，吸引數十隻雪白的鷺鷥呼朋引伴的飛來，旁若無人地閒步，優雅地低頭啄食。牠們動感的姿影翩翩，是讓人永遠看不膩的春光，也特別能感受一份春耕又春暖的風情。

已灌滿水等待擇期插秧，映著藍天的秧田，很像一處處的埤塘。陽光燦然、白雲樂與群鳥優游共徘徊，充滿詩意。大地就是我們的母地，是我們生命的活水源頭，應細心呵護照料，才能讓我們後代子孫得到滋養，生生不息。

兩人一組的插秧機也開始陸續的完成插秧工作，觸目所見，一塊塊的水秧田鋪陳在小徑的兩旁，每欉只有幾根的小稻苗，卻讓人充滿希望，能在四個月後，有一大片金黃稻穀的豐收。就像幾個月前旱地耕種的，弱不禁風的小菜苗，現在已長成手掌大的翠綠高麗菜、鮮綠欲滴讓人想咬上一口的美生菜、成排整齊頭好壯壯的結頭菜等等蔬菜，均已可以採收了……。

啊！好一幅綠野春耕圖。

（二〇一七、五、九，金門日報文學副刊）

苦中作樂話農耕

唯有流下耕耘的大汗，才能歡呼收割。那天，太陽正酷熱，九點半稻穀收割機開始到田裡運作，一直到午後一點半，才採收完成。等小貨車把穀子運到農會繳穀、結完帳，我與妻在太陽下東奔西走，已是下午兩點多。身子疲憊到彷彿被剝了一層皮；雖然如此，心情卻格外愉悅輕鬆：辛苦了一季，終於可以鬆了一口氣，不必再擔驚受怕颱風和西北雨的侵襲！

在這之前，老婆趁我不在家外出的時刻，到她平日很少去的田裡走動。當我回家門時，給我一個大大的擁抱，興奮的告訴我說，看到我用心經營四個月的稻田黃澄澄的稻穀，已成熟可收割了，她很興奮和感動；又說，這樣很有成就感，她退休後也要來種田。

看人挑擔不吃力，各行各業都有其酸甜苦辣；近年來，許多年輕人租地從事農耕工作，甚至當成一生的志業來經營。但，實際從事農作之後，才知產銷失衡、管道不暢，甚至是血本無歸，才深深體會到農業經營所遭遇的困難和瓶頸，的確有待克服。

我全職從事農耕，今年才第二年，依然在摸索中；所以才小我兩、三歲的侄兒，時常路過我家的田地，常會告訴我該施肥、噴藥或灌溉了。有時田地太乾燥，他就替我打開抽水馬達灌溉，然後才打電話告訴我，要我去田裡巡視一下。

有一次，超大豪雨下了一週，他去田裡把我田的排水孔打開，再來電說，稻子不能浸水太久，不然會有病蟲害……。他常傳授一些經驗給我；雖然我的認知和經驗有限，但靠著他，還有前輩老農及父親的指導，今年應該會有不錯的收成。果然如此，而且比去年產量多了一百公斤，令人欣慰。

老天能夠「風調雨順」，才能留一口糧給農人吃。農田固然需要照顧，但更重要的是天候的影響，尤其稻穀孕穗萌花時期，最怕下雨，無法授粉。老農也逐漸以少噴農藥的方式經營，儘量朝無毒有機方向去走，能多省一些肥料及農藥錢，何樂而不為？

（二〇一五、二、四，馬祖日報鄉土文學副刊）

插秧機惠我良多

從退休後，一直思考老家的這兩塊農田，該如何善用？幾經思考，種菜、種地瓜、種香瓜或種小蕃茄等，都沒經驗，需要僱工，又須拔草、施肥、用藥等雜事多。

自覺並無多大的能耐。請教老父親的結果，還是退而求其次，種水稻好了。

從小生長在農家，對於傳統種稻的種種，印象非常深刻；但，等到自己親身下田，才了解種田的「眉角」還真不少。以前知道的都只是皮毛，現在總算清楚了一些。

種水稻，固然是所有農田工作中最簡單的事；但，單就「插秧」一事來說，事前的準備工作也要忙一陣子——也就是灌溉田水好整地，僱請大型耕耘機來鬆土；之後再拖平。並要聯絡育苗中心備購秧苗和插秧機。水田靜置一兩天後，才可插上秧苗。

對我而言，插秧機是這二十多年來最好的發明，一部插秧機，一甲地，只要兩人兩小時半就可以完成；不像傳統人工插秧，動輒十多人，每人都要彎腰駝背，還要費時半天才可完工。在鄉村人工缺乏之下，機器插秧解決了老農的插秧之苦，這對從農的人是一大福音！

自種藥草好處多

前些年，二姊從桃園帶些南非葉苗、香茅、白鶴靈芝草，栽種於廚房後面空地和三合院的菜園中。

經過幾年的照顧，南非葉已有兩人高，一叢叢香茅也帶來濃濃香氣。而老婆從山上娘家也帶回不少草藥，像薄荷、魚腥草，種在比較陰涼的地方，長成一大片。我與臨鄉的陳校長交流；他送我兩棵辣木幼苗，有一棵已一層樓高了。

立夏過後，南台灣早上九時就已酷熱難耐。我趁著太陽尚未逞威，手持鐮刀，先割了一大把魚腥草，清洗曝曬。五天後，分送一半給大哥，教他用茶包裝小袋，好泡茶。他一聽是已曬乾的魚腥草，如獲至寶。接著，我又採了數把桑葚葉、少許薄荷、辣木，還有幾叢香茅，加以清洗、曝曬，三、四天後就可以裝袋，備用。

老婆也曬了薄荷和魚腥草。我沖泡了兩杯薄荷、魚腥草和辣木茶，一杯給老爸喝，一杯自己品嚐，清涼的滋味，讓老爸讚不絕口。

（二〇一七、五、十二，聯合報健康版）

外賣便當者的幸福

周先生是一家便當店的老闆，雖然彼此見面不多，但他的故事讓我得知，只要努力付出，憑著自己的專業和熱誠，在雲林麥寮偏鄉小鎮也能打出一片天。他與老婆一手撐起這家自助便當店。

幾年前，任職偏僻學校時，暑假期間，行政人員仍得上班，沒有學校午餐，所以只好外叫便當。從學校服務員處得知哪家店可以外送便當；有哪家店雖然只有幾個也會送來，當時就是周先生送來便當。原以為他是外賣的送餐小弟，沒想到他卻是老闆。聽說只要能力所及的範圍，一個便當也會送，所以學校附近的幾家工廠也請他送餐，他對工作的用心投入，讓我感動。

幾年後，我的二女兒學習舞蹈，和周先生的三位女兒也在同家舞蹈社，就跟周先生熟稔起來，幾乎成為無話不談的朋友。

我從崙背小村到虎尾鎮上的舞蹈社，要開十五公里的車程，周先生則更遠，多我七公里多。每次孩子在週日晚上學舞，我和他們全家幾乎全員到齊接送孩子。好幾次。孩子在縣內各地展演，之後要出國參加藝術季，舞蹈社加強團練，時常和他碰面，聊聊彼此的心事，和對社會的所見所聞。他的老大要隨舞團出國吹奏笛子，他也讓孩子出國去。幾個孩子都學才藝，如：音樂和舞蹈，他都用心栽培，真不容易。

這幾年孩子都長大了，我們不在舞團見面，卻常和他們夫妻在臉書見面。尤其他的亮麗老婆，是身材高䠷的長腿姊姊，從前是百貨公司的專櫃小姐。在工作之餘，周太太時常在「癡情的台西港」的臉書上，放閃家人出遊的甜蜜照。他們幾乎每週都到全國各地遨遊，一家人感情真好，和樂融融，讓人很羨慕。誰說賣便當的家庭，不能營造滿滿的幸福？

（二〇一六、四、二十一，馬祖日報鄉土文學副刊）

人人頂上一片天

幾年前的春天，就像現在是播種插秧的季節，我將休耕多年的農地整地妥後，準備插秧。

我經人介紹到村頭附近的育秧中心討論插秧事宜，找到一位年輕的小夥子，他帶著蒙面頭巾，正忙碌地開著小山貓，在搬運栽培土。一見到我後，停下他手邊的工作，叫我一聲：「老師好！」讓我一頭霧水，我知道他一定認錯人。隨後他說：「您那時候在崙背國中教我們物理啊！」原來他說的是我哥哥，我和家兄長得並不像，但仍有不少人誤認。我即刻告訴他，我是他弟弟啦！我已從教職退休，即將從事農作，並請教他有關插秧的事宜，隨即展開一陣對話。

他招呼我到他的住家兼辦公室，並告訴我說，當年不會讀書，國中畢業後隨著父親從事秧苗培育的工作，這十幾年來，吃了不少苦頭；但靠著經驗與努力，已成為崙背地區首屈一指的育秧中心，供應數十甲農地的秧苗。這陣子到清明之間的插秧季，是他們最忙碌的日子：除了從過年前兩、三個月就要開始請工人協助育苗工作外，隨時要注意氣候和秧苗的寒害，鋪蓋塑膠布；還要安排插秧機和載送秧苗的貨運車等等……。他說話很清楚明確，不像是不會讀書，應該是對讀書沒興趣。他謙虛的表示，不會讀書，要生活，選擇務農，可見他是一位有想法、認真肯吃苦的年輕人，他的故事讓我感動。

生活在偏鄉，求職原就不易，多數人常需離鄉背井去討生活。如今他承接父親育秧的工作，自己再加以研究，對於育秧工作已經臻於成熟；這數十年來也得到鄉親的認同，大家都喜歡向他採購秧苗，讓他頗有成就感。

去年春日插秧完畢，我將秧苗的費用拿去給他；看他和幾位工人在整理苗圃，看到我，隨即趕過來，知道我要給他錢，他動作迅速的從身上背的小包包內取出計算機和收據，算了出來，很客氣告訴我說：老師，算整數，零頭免拿啦！我跟他說：「你們賺的都是勞力流汗辛苦錢，一塊錢都不能少。」

如今又是插秧的季節，我過去找他，秧苗中心幾位工人正在掀起鋪蓋在秧苗上的塑膠布，他依然在一旁忙碌著搬運秧苗土。我拿一張載明田地的位置、面積等資料給他，說再一週左右可以插秧了。他說，老師我知道你家的田地位置，到時候整地好再通知我即可。這讓我放下心中一塊大石頭。

這個年輕人在農村的創業有成，能一面工作，同時陪伴雙親盡孝道，真是兩全其美。他的奮鬥故事，帶給我很大的感動和啟示：只要踏實努力，人人頭上都有一片天，認真埋頭，就能出頭，不是嗎？

（二〇一七、四、一，中華日報副刊）

修補人生的藝術家

韓醫師是我們偏鄉小鎮民眾牙齒的救星，也是我家人牙齒的守護神。女兒從小就給韓牙醫照顧，如今出外就學、就業，返家探親，就會先到韓醫師那裏踅轉一番。

而我「齒牙動搖」之後，看韓醫師成為必要的日常。鎮上雖有幾位牙醫，但找他，是就醫的習慣；除了收費合理、醫術高明，敬業樂業之外，更因他是我大哥的國中同學。

就醫前的空檔，他常會與病人笑談生活，因為許多都是老朋友了。雖然病人常是苦痛掛臉上，但與他對話後，少了恐懼，看牙就不必心驚驚。有一兩次我們話題未完，他依然跟我閒聊，在治療中，張了大口，讓我「有口難言」……。

診所在崙背，鄰近的鄉親也來看診。在候診時，有時會與其他患者聊天，他/她們告訴我，以前住這裡，因工作、搬家，或嫁到異鄉，還是習慣回來看牙齒，可見韓醫師的魅力了。

雖然早上八點半才看診，但每次才八點多，掛號人數已十多人，幾乎擠爆診所。

我每次看診，也都要等個一個鐘頭以上。雖然如此，但大家都願意等，等韓醫師展現醫術的專業，讓自己脫離生活的苦海。

看過韓醫師的人都有口皆碑；他就像一位溫婉的藝術家，在每一顆牙齒上雕琢鑑賞，察看得鉅細靡遺，提出建議。拿起器具，機器的吼叫聲，讓人覺得恐怖，但等到他放下器具，溫柔的說下次何時再來，或不必來，都會讓人覺得苦難已過，未來的日子就是重生，充滿希望。

他有時像在砌一片牆，總要讓牆面光鮮亮麗。他為每一位來求診的人修補治療缺陷，讓人生不再遺憾；讓每個人的牙齒閃閃生輝，充滿喜悅的離去，方是大功告成。

第五輯

人世深探謎相

困境・超越・自在

經過一夜的沉澱，心緒才寬些。雖然老婆一直安慰我，不要煩憂；但，我依然不能平衡，總覺得不甘心。平常都小心翼翼，如今卻要面對罰款！

那天夜裡，驅車帶孩子看完牙齒返家，從斗六，路過虎尾，才要進入二崙的路上，心想這條路很平直，常在夜晚九點到十一點間有警察攔檢，所以就把車速定在六十。確定速度後，就很心安；但此時警車的警示燈卻亮起，警察用指示燈棒揮停，要我停下。我怎麼了？心中一陣狐疑。警察說我車子超速，我只好下車。

他說這條路限速六十，車速超過七十才會攔車。走到警車旁，驚見警車內顯示測速的數字是八十。我跟他解釋，這條路我常走，而且啟用定速巡航六十。警察說，他們的儀器都經過校正，不可能有問題。他們執勤的態度不錯，微笑的說，要是我不服，可以去申訴。我只好把駕照給他，拿了紅單。

上車之後我一直納悶，車子的定速巡航系統不可能有問題；我從小路轉進大馬路，就注意車速，並開始定速。

我至今仍百思不得其解。可憐的是自己車速都沒有任何儀器記錄可查（希望將來有人發明），被警察攔車開單，真是百口莫辯，如何申訴？只有乖乖去繳罰款。

我事後回想，兩方面：一是出在自己有踩油門而不自知，二是警察沒業績無法交差，當天攔檢我們之後他們就離開了。雖然我寧願是超速，但卻很難讓自己信服。那幾天心中真是難受不已！

年逾半百，人生活體驗也不少，自己也有幾次大意超速，繳罰款也覺得理所當然。可是，這一次的違規受罰，心中一直無法釋懷。這不過是開車族常會遭遇到的小事，卻難過好幾天。但是，只有放下煩惱，才能自在。

由此事想到社會上的許多事，在生活中難免遭遇挫折，讓身、心、靈受到創傷，卻因缺乏支援系統，無法從自我的困境中超越，造成諸多傷害與社會問題。所以，親朋之間，尤其是家人，更需要伸出溫暖的手和支援，讓受傷者感到溫暖，進而超脫所遭遇的不幸。

（二〇一五、九、十六，更生日報小春秋版）

靈神也謙虛

十幾年前，第一次參加國小校長甄試。苦讀多年，卻因咳嗽近一個月未痊癒，而敗在口試上。事隔三年，又要參加甄試，卻因老爸手術住院遠在林口長庚，我放寒假，他幾乎由我全程陪伴，那可以備考的時間有限，而全心投入的時間也不到兩週，但卻幸運的錄取了！

當時父親在醫院療養時，時常在半夜一、兩點胡言亂語，讓我很擔心，只好求助二姊頗為信任的神尊。我與二姊一起到桃園八德青天宮，向「包府千歲」祈求父親身體早日康復。我在乩童的指示下，跪在包府千歲前約半小時，不斷祈求父親能早日脫離苦海。神尊答應儘量幫忙。當晚，將神明的符水灑淨在父親的病床旁之後，父親夜裏不再說夢話，身體也逐漸的痊癒，不久後出院，返回南部的家鄉過年。

那時，二姊知道我過年後不久要考校長，於是同時請教「包府千歲」。神尊透過乩童說，考上的機會渺茫，但答應會儘量幫忙。乩童解釋給我聽，要考上校長，除了老天的名冊上要有名字之外，還要孔子公在名字上點上紅點，才算數。而他去看了名冊，上面根本找不到我的名字……。當時的確有些失望，但也只能盡人事、聽天命了。

開學後，心情頗為寧靜，也利用空檔讀了一點書。校長甄試時，順利地寫完筆試，脖子都僵掉了。當天夜晚，就發佈榜單，我錄取全縣第二名！事後回想，才發現有兩、三題才剛讀過，還有一題竟是老婆在考前兩三天拿給我看的，真是幸運啊！

當我把喜事告知二姊，二姊就近代替我到青天宮跟神尊感謝。神尊說：原本我是沒機會錄取的，但因為我那段日子陪伴父親住院近月，不眠不休，「孝行感動天」；考試當時，「神降智慧筆」，讓我書寫順利。並告訴二姊：那是靠我的孝心和自己的努力，他也沒幫到甚麼忙；所以，不要宣揚祂的功勞……。神的謙虛，著實讓我學習到寶貴的一課。

（二〇一八、一、二十一，金門日報文學副刊）

走出抱怨

老婆下班回到家時，常聽到我對生活及社會上不滿的言論；久而久之，她也不耐煩起來，對我說：你既然已經退出職場，職場上的是非你應該放下，社會上的諸多問題，你說三道四，也無濟於事，不如積極生活，找點正經的事做；面對熱絡的陽光，也可以獲得正面的能量，生活也比較有意思。

她又告訴我，我的一些同期校長依然在工作崗位上孜孜矻矻的奮戰著，無怨無悔。他們的學校經過三四年的經營，不但學校重建更新，改頭換面，學校經營和老師教學等的創新，不但贏得社區家長的肯定，還獲得不少縣府及教育部的各項優質獎勵。聽起來讓我有些慚愧，相當敬佩他們。

退休的這些年，我曾在不同的場合，和一些朋友抱怨過去工作時遭遇的責難與不愉快，甚至話題轉向退休金等議題。雖然我陳述的都是事實，但在這聊天的過程中，有一些朋友還會跟我辯論起來；因此，偶爾和諧的聊天氣氛到最後並不美好，我也有點臉紅脖子粗。

事後，回想這些往事，覺得很不值得。過去種種的不如意，可以檢討、借鑒，但何必舊事重提？老婆也告訴我說：既然已經退休了，何不聊一些比較愉快的事情，或較健康、有意義的話題？凡事抱怨，不如輕鬆愉快的度過每一天；尤其退休金問題，反正自己生活費夠用就好。

日前，我的老婆參加輔導團環境教育議題，下班回家，告訴我家中會來幾位訪客，其中有兩位是我校長好友。他們三位正是老婆口中常提的優質校長；不論是校長個人的領導和創意、師生活動的多元與豐富，在在都成為教育的典範。那天相聚不過一小時左右，讓我重新感受到年輕的教育工作者的熱情與超凡能力，尤其從沒聽到他們對工作的不滿與抱怨。看到他們微笑的談吐、對工作積極的投入與用心，讓我看到教育生命力的未來。

經過一番精神的洗禮，我好像脫胎換骨似的，重新活了過來。是的！我要過不抱怨的人生。

（二〇一五、八、十一，更生日報大家談版）

具名風波

連續幾天，在某些報章出現了自己的作品，雖然不是刊登在很有名氣的大報上，但也肯定自己的努力有些成果。其實，已經有一段時間不曾再提筆創作了。何況書讀得不多，又缺才華，只忙碌於餬口的工作，在寫作的路上走得實在很辛苦；要不是師友的鼓勵，恐怕早已停筆。

給別人知道自己有某方面的才華，如果這項才華是貨真價實，便真金不怕火來煉；而如果只是名勝於實，那可能就不是什麼好事了！而妻擔心我的正是這一點，她說：「許多具有真才實學的人，提筆創作是天經地義的事；而你，似乎只是半調子，如果不知收斂，老用自己的本名發表文章，讓自己鋒芒畢露，名過於實，屆時會自找麻煩。畢竟在工作圈裏，仍有不少同事、朋友認識你；應潔身自愛才好。」

還好，我並沒有任何刺激人、傲人的鋒芒，更談不上「畢露」了。但，想一想妻的忠告也對，腹有詩書氣自華：內在有氣質，自然形諸於外。有真才實學，也不必讓同事、朋友皆知，以免惹人厭或是惹人嫌。

（臺灣月刊）

許會長夫人教子的智慧

當年我任職校長時，家長會許富信會長夫人常幫低年級的學童打飯菜。有次她忙完時到校長室找我聊天，說她的小兒子幾年前曾對她說，爸爸身上豬屎臭味很難聞。原來，會長開鐵工廠，幾乎整天都泡在豬圈裡修理鐵窗、鐵門和欄杆，身上常會有豬屎味。她就對兒子說：「如果沒有辛苦的爸爸出門工作，你和姊姊哪裡來的學費？生活費？你只是偶爾聞到豬屎味，但你爸爸幾乎整天在豬圈裡工作，都要忍受哪個味道。他的工作還很粗重，那麼辛苦從不喊累，結果，你還嫌他，真不應該！」自此之後，孩子逐漸習慣了父親偶爾帶回來的味道，不再嫌棄。

現在許多孩子不知父母工作的辛苦，沒有到過父母工作的現場，也不知他們從事何種行業？對孩子而言，是失去身教和體驗成長的機會。

當她的孩子上了國中，假日就常被安排到施工現場協助父親。雖然孩子剛開始不能忍受豬屎味，卻默默承受這些粗重的工作。

孩子終於懂事了，只要課餘在家，都能協助父母搬運鐵窗、鐵門的鐵條，進行剪裁和噴漆的粗活，毫無怨言。

前幾年我退休後，家裡需要一塊父親坐輪椅行走的無障礙鐵板，會長帶著孩子到我家施作。這時，我看到那就讀國中的大男孩，長高又帥氣，讓我認不出來。當他謙虛有禮向我問候，讓我驚喜，稱許孩子的懂事和體貼，有孝心。

賢慧的會長夫人用心操持工廠和家務，教子有方；夫人的智慧，真是值得學習！

（二〇一五、四、十七，人間福報論壇版）

自己的孩子自己顧

不論是戲水或游泳，首重生命的安全。暑假這段時間，到虎尾鎮上的室內游泳池，看到人山人海，從出生幾個月到高齡七、八十歲的都有。但其中以幼稚園、國小和補習班的學生團體為最多。看到除了有幾位救生員在池邊吹吹哨子之外，看到不少家長和老師目不轉睛的注意孩子的行動。但個人認為，除了下水前必須再三叮嚀注意安全，不可捉弄同學、開玩笑之外，如果老師和家長也能入池跟在身旁隨時照護，則更能確保安全。

多年來下泳池，除了自己希望能好好的運動、享受戲水之樂外，我有時還會注意身邊的小孩子游泳戲水的情形。有一次竟發現有一群小朋友把一位同學壓在大浮板下，不給他冒出頭來，顯然如此危險的動作，小孩子卻不知其嚴重性。經過我的斥責，這群孩子才罷休；只見這個孩子臉色鐵青的冒出頭來，令我鬆了一口氣。又有一次，我在身約一百二十公分左右的水池，卻發現一位國小約三、四年級的小女聲載浮載沉，旁邊卻不見任何成人，於是我快速靠近，將她撈上岸，讓我為她捏一把冷汗。

我的兩個女兒小時候最喜歡戲水游泳，剛好離家三公里的公所游泳池開始營運，因此我們時常去戲水。但因為暑假太酷熱，我們只好轉移陣地到室內游泳池。因為她們年紀還小，老大小二，老二讀幼稚園，所以我們夫妻都不敢大意，更不敢離開他們。她們很喜歡帶著泳圈跳水，這是危險動作，我們卻沒有警覺，也沒有制止她們，只覺得孩子感覺好玩就好。有一次老二跳水時，就「撲通」一聲掉進水裡，只見泳圈不見人，原來她人已經沉到深約一公尺多的泳池下，只見在泳圈中的兩隻手掌浮出水面。此時我動作敏捷的將她抓起來放上岸，她緊張得吃了幾口水，幾乎哭出來。那次所幸有大人在旁邊，否則後果不堪設想。

有鑒於每到炎炎夏日，孩童戲水多，泳池的救生員無法兼顧眾多小朋友的安全，因此特別呼籲大人不要貪玩，太放心孩子自己去玩，「自己的孩子自己顧」才是王道！

（二〇一六、八、三，更生日報大家談版）

臺北築夢初圓

從一九七五年就讀省立臺北師專開始，逐漸開啟少年的智慧，感知漸明的生命天光。一直到一九九五年離開臺北為止，整整有二十年，我生活其間，有苦悶也有歡笑。從讀書歲月起，我就想在臺北逐夢，因為在嘉南平原種田的老家生活委實太苦了，只有臺北給我一個跳脫困境、瞻望理想的希望，那是一個可以做夢的地方。

但，師專五年的啃書日子，對臺北印象最深的也只是重慶南路的圖書路、西門町的電影街。其他最熟的，大概是3路和15路的公共汽車，以及臺北火車站附近繁華的景象了。

除了服役的兩年在桃園外，從一九八二年起，我從鶯歌中湖、板橋埔墘、三重五華三所服務的學校，鋪陳著平淡平實的教書生活。單身的乏味苦悶像一隻沒有方向的漂鳥，天空雖大，卻不知飛往何方。由於天資不敏，單靠教書的薪津，在大臺北，除去所需的租屋、生活費外，已所剩無幾；所幸公車代步，到新公園的植物園看看各種植物，留連荷花池；又到自由廣場賞花、賞景、賞人，不必門票。而歷史博物館、省立博物館、臺北市立美術館，也不必花太多錢，就可入內享受古典文化與現代文明的洗禮，享受「都市人」的「水準」。

最最令我感到喜悅的，是認識同事賴滿足老師，因她的介紹認識現在的妻子；從那一天起，我住在臺北的日子，從黑白無趣變得彩色繽紛。三十二歲的老男人才開始談戀愛，終於結束飄泊在大海迷茫的慌亂和恐懼。從此，兩人徜徉在臺北浪漫如玫瑰色的夜裡，從逐夢而圓夢。臺北居的最後兩、三年是我在北城生活心情最亮麗、最浪漫的歲月；後來，我就歸園田居，投回故鄉的懷抱了。

（一九九八、一一、十三，民眾日報家庭版）

慕夏與畢卡索特展記勝

離開臺北都會已有二十年了，自從舉家返鄉安居後，幾乎每年暑假，我們一家人都會安排到北臺灣一遊。近幾年，北臺灣進步驚人，捷運和高鐵都建好營運了，交通非常便捷；高樓大廈林立，在許多地方都可以看到一〇一大樓。以現代化的面貌呈現的都市風情，讓我幾乎認不出她從前的容顏。

每年暑假，在臺北都有許多外國經典的藝文展。如果沒有上臺北觀賞，就得飛往國外；所以總覺得票價三百元左右，就可以親炙大師的原作，那是何等幸運與幸福啊！

今年臺北展場特別熱鬧：在自由廣場，有埃及木乃伊特展、日本漫畫大師手塚治虫經典漫畫展；歷史博物館，有畢卡索展；在故宮博物院，可飽覽慕夏的新藝術．烏托邦大展。處處都吸引不少人潮。每次展場二、三小時沉浸其中，租借語音導覽及傾聽展場專業導覽，真的收穫頗豐。轉搭各線捷運已很方便，而展場又有接駁車，更讓異鄉客很窩心。

印象最深刻的，是在故宮展出的捷克藝術家慕夏（Alphonse Mucha）的設計和經典畫作。這位「現代商業設計之父」，展現「新藝術」風潮，影響當今的設計。「慕夏大展─新藝術．烏托邦」展品，涵蓋：海報版畫、油畫、雕塑、攝影、珠寶設計等，都相當經典。他的海報代表作〈吉絲夢妲〉、〈四季〉、〈百合聖母〉，〈風信子公主〉，和〈綺思〉等等，最引人側目。女主角配戴花束、髮飾，背景鋪陳繁複優美的花卉與藤蔓，炫麗誇飾的華服、珠寶，形成具異國情調又唯美浪漫的「慕夏風格」，在在都令人難忘。晚年的慕夏，創作帶有濃烈愛國及宗教色彩，大型代表作品「斯拉夫史詩」油畫，長留世人心底。

而看頑童畢卡索的畫作，心中也充滿震撼，如今被稱為是「畢卡索的世紀」。他百變的畫風，努力的開創人類的精神文明。他永遠在尋找新鮮事，勇於突破，不重複過去的自己，不以過去的成就為滿足。他花費了一生的時間，就是在找尋藝術的真善美與赤子之心，令人感佩他創作的精神與毅力。

畢卡索曾說：「我在小時孩童時代，已經畫得像大師拉斐爾一樣；但，我卻花了一生的時間去學習如何像小孩子一樣作畫。」他在十四歲時所作〈赤足的少女〉，筆風如古典派大師所為。他在八十八歲所畫的〈畫家與小孩〉及九十歲時所作的〈星期日〉，卻如孩童塗鴉一般，應證了畢氏名言。

結束臺北之旅，心情依然有一分浪漫的感覺，久久不去……。

（二〇一五、八、五，馬祖日報鄉土文學副刊）

深山人不知的桃源勝境

開車走在峰迴路轉的中部橫貫公路，地圖上的地名一一出現，讓我能與它們打招呼。沿路，不論天候是晴是雨，各有不同的風情。

從天晴的雲林崙背啟程，路過南投的國姓載了友人，並由熟悉山路的朋友開車，一路行走到霧社，天氣逐漸陰涼起來。到了清境，下起了毛毛細雨，在兩旁參天大樹中，繼續往翠峰挺進。

車行在雲霧縹緲間

其實，這般美景在翠峰很常見，但對居住在平地的人來說，彷彿周身多了幾許仙氣。

山路高低起伏，車子隨地形上上下下，無法放眼平視風光，但還是能欣賞翠峰兩旁的茶園及水蜜桃園的風光。在杳無人跡的寂靜下，滿山綠意盎然，在煙雨迷茫、狹窄仄逼的產業道路中，左轉右彎，讓人驚喜的柳暗花明，湧現一股灑脫與浪漫。

地勢居高臨下，眺望四周，景色優美；許多景物因雲霧繚繞而忽隱忽現，千變萬化的雲海，讓人有離世之感，是一處非常值得探索的天山勝境。

山裡人熱情豪邁

經過半小時的顛簸，終於到達了目的地——友人三姐的採茶工寮。步出車外，兩隻乖巧的狗兒隨即搖著尾巴前來歡迎。與妻放下行囊，跟著友人稱呼三姐和三姐夫。山裡人的熱情與豪邁，一下子就消除了初見的陌生感。

午後氣溫逐漸下降，在平地酷暑的七月，山頂上只有十度低溫，所以仍得身著大衣，也連帶見識到山中人刻苦的韌性。與三姐夫坐在工寮的屋簷下，一面欣賞著四周一脈相連的青翠山巒，一面聊他們經營的事業，也對半農生活多了一分了解。

其實，三姐一家人平日並不住在山裡，而是採茶季和採收水蜜桃時節，才從平地的南投北山居家，上山居住一段時日。但有時忙碌的季節，依然得分身到平地補給民生物品，或回到北山家中處理一些事務。

臺灣山林暗藏祕境

南投縣境有許多區域盛產高山茶和香甜碩大的水蜜桃；沿路就看到幾間大型的茶葉烘焙廠。從雲林的嘉南平原路過有名的清境，再到這裡，也要大半天，一山過一山，路途十分遙遠；讓我驚覺，即使是小小的臺灣島國，也有足跡未到的廣闊山林。

夜晚，享受一頓臺越混合的美食。三姐的越南媳婦，娘家在當地開餐廳，媳婦手藝了得，一口氣煮了六、七道擺放得很整齊的道地越南菜，讓我見識到越南姑娘做菜的功力。由蛋液煎成的蛋皮，內餡包滿肉片、鮮蝦、豆芽菜、紅蘿蔔絲做成的黃煎餅；炸春捲、越式豬排、河粉，酸辣湯等等，還有幾道不知其名的菜，都使人回味再三。

樂享茗茶及水蜜桃

飯後，在工寮鐵皮的落雨聲中，和妻各擁著一個三姐摘送的碩大水蜜桃，甜蜜多汁的口感，市價近百。他們說，每到水蜜桃產季，一些住在花蓮、南投及遠地的朋友，總要不遠千里而來，享受採摘水蜜桃之樂，更是一箱箱的買回去享用，或餽贈親友。

三姐的兒子拿出自產的翠峰茗茶來招待，一時茶香四溢，我們為之沉醉。大家談論茶經與世道人情，在冷冷的山頂上，享受著一屋子的閒情和溫暖。身處寂靜山林中，不但清淨自得，更感受溫馨和美好的幸福，這兒果真是臺灣深山人不知的一處桃花源呀！

（二〇一七、十二、九，人間福報旅遊版）

冬日溪頭樂悠遊

這幾年，雲林許多鄉鎮開始風行「溪頭遊」：每週二次，大夥兒相約在指定地點集合，當天來回，車費含保險只收二到三百元，午餐、茶水自理。幾乎班班客滿；新成員要參加，需要候補。它成為退休族熱門的活動選項。

即使冬日不覺寒氣

溪頭有一流的自然景觀，園區內森林步道完備，生態豐富完整，遍植杉、柏、紅檜、銀杏與孟宗竹。古樹參天，偶有陽光灑下樹林中，時而雲霧縹緲。園區有大量的芬多精，沁涼消暑，即使是冬日，走在步道中也不覺得寒氣逼人，頗為舒適。

三十年前師專畢業環島行，溪頭是必遊的景點；但，當時走馬看花，印象裡只有大學池，和大家輪流排隊照相的竹拱橋。

前幾年，我們一家人到溪頭的柳杉步道、天空步道和孟宗竹林行遊。在竹林步道，看到隱身在竹林中的「竹廬」，周邊被整齊筆直的竹林包圍，既有特色也很精神，全家人喜悅的在這名聞臺外的景點前留影，彷彿置身武俠片場景中。

園區森林步道完備

這回，託朋友鄭主任的福，為我們一家四口和好友蔡校長一家三口搶訂到溪頭獨棟的小木屋，讓我們有機會在溪頭森林遊樂區內過夜。

當天一大早，從雲林崙背到林內鄉，出發到竹山鎮，再往鹿谷方向行駛。因為是上班日，沿路公車和轎車不多，漫遊的心情感覺到莫大的福氣。

十一點多抵達後，在遊客中心拿到園區導覽圖，才發現溪頭森林遊樂區真的很大。尤其整個山區道路蜿蜒，有類似產業道路的柏油路面，也有各種步道，例如：神木步道、銀杏林步道、彩虹步道、賞鳥步道、景觀步道等等，在裡面走走停停，恐怕要一週才能逛完。

大學池與神木區

往大學池方向行去，沿路不少遊客；走了一個多小時才到。沒想到才拍了幾張照片，開始下起雷陣雨。大學池原為日據時代伐木的貯存場所，臺大實驗林管理處將池子加以整治，於池邊砌石護岸；並在池中央搭建拱型竹橋，而成為著名的拱橋倒影景觀，幾乎成為溪頭遊客必拍的地標景點。

因為夜宿小木屋，沒有匆忙返家的壓力，大夥兒閒散悠哉慢行步道。傍晚六點半在園區餐廳用餐，菜色多樣而豐富，一桌七人幾乎吃不完。夜宿木屋區，飯後散步於繽紛燈影下，添增幾分浪漫遐想。

空中走廊觀覽樹冠

次日是假日，八點未到，成群的人潮和車隊湧入園區，停車一位難求。我們行走的目標是溪頭的新景點「空中走廊」；全長一百八十公尺，最高點距地面二十二公尺（約八層樓高）、蜿蜒於五十年以上樹齡的臺灣杉與柳杉林的走廊中。

這條全國首創的走廊，提供了遊客到樹冠層觀察的機會。走一趟溪頭，除了可以體驗那種由上往下觀賞杉木的不同景致外，更能就近觀察森林冠層各種植物、樹棲動物、鳥類、昆蟲等各式各樣的生態，是溪頭教育園區內相當吸睛的人造設施！

同登天文台

路上碰到幾位中老年人的阿公阿媽級的人士，三五成群，體力和腳力不輸我們，沿路跟我們分享溪頭的走路經驗和生活中的趣事，以及如何走才省力又具有挑戰性。原來他們每週都從台中搭高鐵轉臺灣好行客運來走步道，走上一天的路才打道回府。他們樂享政府提供的交通福利，爬山健行兼避暑，享受芬多精，徜徉在綠色世界裡，聆聽潺潺流水聲，又能與朋友交流，快樂度過健康的一天。

他們的健行路線是從溪頭入園處，走到八五七階步道，休息片刻，再往上走一千多階的步道，很有挑戰性。接著再走一段路上天文台，置身於高山雲嵐清爽中。下山改走步道比較安全，來回約四、五小時。

下山時會路過巨石，和溪頭約三千年的紅檜神木，是一趟值得走走的路線。我們夫妻，在這次溪頭行也走上天文台。果然不虛此行，也為溪頭行畫下更完美的句點。

（二〇一六、一、三十，人間福報旅遊版）

行春途中見兩孝行

春節期間，與妻子行遊燦陽滿地的南台灣。妻子的一些師專同學散居屏東、高雄等地，她每次南下，都蒙她的死黨小唐聯絡附近的同學相聚。她們一夥兒沉醉在過往求學、教育工作及教養孩子的點滴情事中。不論多少同學相聚，常聊天到三更半夜；而我總是在一旁傾聽她們的生命故事。

在屏東的小唐家度過興奮的一夜，隔日即驅車前往高雄美濃星輝同學家。二十多年前，剛畢業不久，星輝就曾和同學騎著機車，從新竹到彰化的花壇國小探訪妻子，隨後再驅車返回故鄉。多少沿路所受的「風霜」，成為此次閒聊的話題，他說來雲淡風輕的，真是人間一豪傑！令人不忍的是，他服役後才發現自己患了僵化性脊椎炎；經過多年的奮戰，依然無法完全療癒，脖子無法轉動自如，連行動也受限。雖然如此，孝順的他，十多年前從新北市調回故鄉任教，以便照顧行動不便的老母親，晨昏服侍，無怨無悔，令我們熱淚不已。

第三天，我們北上臺南佳里，探訪阿英。她曾利用三年半的事親假，照顧多年行動不便，無法正常飲食的父親。如今寒、暑假期，都與她的母親一起輪流照顧父親。

看到她們沒請外傭，一手挑起侍親之責，真是人間孝女典範！當我們在阿英家召集數位同學在客廳閒話家常，而她的父親就閒坐在一旁靜聽我們說話。有時他自己扶著桌子邊緣，一步一步的緩慢移動著；阿英除了要與我們聊天，招呼我們享用花茶、水果、餅乾之外，還得注意父親的一舉一動；但，她臉上洋溢著青春的氣息，欣喜我們在新春期間的造訪。當暮色來臨，阿英進到房內不久，不但端出一碗香菇紅蘿蔔湯的料理，還將她的老爸晚餐餵食完畢，甚至還安排好就寢。

我們一面吃著外送的披薩，喝著阿英用心烹煮的手藝湯；她們生活如此簡單卻又豐富，讓我心中充滿無限暖意。雖然我對阿英認識不深，但得知她也是妻子的死黨好友，真為她能在生活的困境中，毫無懼怕的挺立前行，負起家中生活的重擔而喝彩！

（二〇一七、二、五，人間福報生命書寫版）

久遠的拉拉山之旅

——想念陳憲輝先生

日前，老婆帶著兩盒拉拉山水蜜桃回家，我看到盒子上有黥面的原民標誌和書明拉拉山的特產。這兩盒水果使我想起二十多年前，在臺北三重五華國小擔任總務主任，曾和同仁及家長委員參加「拉拉山」之旅的種種。

當時，我們有說有笑的歡聚一起，感覺這是人生難得的幸福時光。車外的明媚山景讓人印象深刻：蜿蜒的山路，偏山野的水蜜桃果樹，甚少人煙，讓我有身在世外桃源之感。平日的忙碌和都會的人車雜沓，心境難免紛擾，能在休假日與同事、朋友出外踏青，誠為美事。當年只有摩托車的我，無法踏訪旅途「遙遠的山林」，因此相當珍惜搭遊覽車出遊的機會。

那時，旅程即將結束，副會長陳憲輝先生，要司機停在一攤賣水蜜桃的攤位上，他下去買水蜜桃。當時雖是產季，但仍不便宜。他卻買了兩大箱分送給大家享用，他的慷慨和豪氣，讓人感動。

平日學校的部分經費，有些靠家長會支助，陳先生常是一馬當先，熱心的出錢出力。他學歷不高，但很尊敬老師，因此與校長和教師們建立非常良好的關係，當我返鄉雲林任教後，他順利的當選家長會會長。而他為充實自己，就讀國中的夜補校；擔任班長，大家與他在一起，總是感覺很歡樂愉悅。

當年，我身兼學校家長會幹事，承他幫助很多，所以認識他頗深。他們夫妻為人熱情，熱心公益而不計較。從事「辦桌」工作，一有閒暇，總希望我能到他家聚聚，吃吃薑母鴨。我總以隔天仍要上班為由，甚少過去。

他因辦桌常要飲酒應酬，但卻從不強迫我喝酒；知道我不喝酒之後，每次家長會聚餐，他總挺身而出為我擋酒。曾開玩笑的對同仁和家長委員說，不准欺負我，否則要他們好看；他是如此的疼惜我，如同他弟弟。當我調職返鄉前夕，他特別買一只五千多元（我到認識商家問出價錢）的手錶送我留念，讓我很過意不去；只得回禮送給他家的小孩一套六千多元的九歌兒童文學叢書。

多年後，他知道我擔任一所學校的校長，還送我一對蘭花祝賀。打電話給我，要到雲林來探訪我。某天假日，果然與他的朋友搭車南下，讓我喜出望外。因為他來訪已下午三點多，我開車載他們到我任教的學校走走，到附近的地方逛逛，找一家餐廳用餐。敘舊的時光總是特別短暫，他們怕耽誤我隔日上班，所以在暮色來臨之際，要我送他們到車站搭車。我不得不匆匆的與他們揮手告別，希望他日能再偕著他的愛妻來訪，可以停留久一點……。

紅棗鄉處處香

每年七、八月溽暑，正是臺灣苗栗公館紅棗的盛產期。這時，我們一家人總會到公館石墻村，找師專的建春兄遊憩兼敘舊，都受到他們一家人熱情的款待。今年八月中旬，也不例外。

苗栗公館的石墻村，舊稱「石圍牆」。當年牆高七尺闊六尺，但時至今日，僅存的一小段約十公尺長的石圍牆，隱身在居民的田地旁，你得要開口問，才找得到。這是典型的客家村，是公館鄉內最主要的紅棗產區，公館鄉正是全國盛產紅棗的小鎮。

種出第一棵紅棗樹至今，已有一百八十餘年歷史，由母株分株出來的第三代紅棗樹，也有五十年樹齡，枝繁葉茂，是當地最老的紅棗樹。

每年五月，走入石壗村的紅棗林，一棵棵約成人高的紅棗樹，枝頭不斷冒出鮮綠的嫩葉新芽；翠綠的樹海成為石壗村美麗的風景，點燃七八月探訪紅棗樹林的火把。由於土壤屬砂頁岩沖積土，加上氣候日夜溫差大，讓紅棗長得美又甜。

今年沒有梅雨與颱風攪局，苗栗公館紅棗大豐收。當我們車子下了高速公路苗栗公館交流道，往公館石壗村前進，車行近二十分鐘，轉進村道，已是正午時分了。

那天，看到來訪的二十多名遊客開四五輛轎車，停在我同學哥哥「發哥」的庭院。發哥是觀光紅棗果園的主人，這些年來，經營棗園有成，接受好幾次報紙及電視媒體的訪問。石壗村的窄巷內，處處可見觀光紅棗園旁停滿採摘紅棗的車子。而紅棗觀光農園裡，自己動手採紅棗的民眾，臉上充滿喜悅和幸福感，連小孩也提著小水桶來獻寶他採收的紅棗。

那映入眼簾的人群中，不論老小的幾戶人家，頂著烈日，興奮地穿梭在紅棗樹內，採摘翠綠果實的景象，令人感受純樸而悠閒的客家風情，有一份別於昔日寧靜的熱鬧。紅棗表面的紅色面積，越紅越好吃，鮮甜不澀。紅嘟嘟的紅棗現採下來就是新鮮好吃！近看才知紅棗樹上有刺，所以紅棗樹也被稱為鳥不停樹，只要鳥兒想要偷採果來吃，腳一站上樹梢，就會踩到地雷。由此可見農民採果也很辛苦。

放眼望去有十多戶屋內，都各有三兩家人，忙碌的一起撿選裝盒，小小文圓滾滾的翠綠和紅色相間的紅棗堆，真讓人想嚐鮮。村中的大小不一的庭院內，在一大片黑網與綠網上，都曝曬著新鮮的紅棗，無數的果實正享受著日光浴，在空氣中瀰漫著陣陣濃郁的紅棗芳香，充滿著鄉野的濃情蜜意。好美的景致，好幸福的感覺啊！

經過日曬烘乾，就是我們所熟知的紅棗。每斤的紅棗乾，需要近四斤的新鮮紅棗製成。他們的紅棗乾，不添加硫化物，及其他成分的化學劑。是經過二十餘天的日曬風吹，天然脫水，紅豔豔的色澤，充滿喜感。新鮮紅棗一斤在一百元到一百二十元之間，紅棗乾一斤約五六百元。離開同學家時，特地加碼各買數斤送人。

紅棗是我國常用的滋補藥材，營養豐富價值高，蛋白質、醣類、有機酸、維生素A、C、微量鈣質等。鮮食，甜脆可口；紅棗乾，則有補血、潤肺之效，堪稱天然補品。最近棗農們更研發出紅棗大餐及「棗紅孩兒」等酒品的伴手禮。

每年大暑過後，就是苗栗石墻村紅棗鮮果的產季。在這產季裡，讓我和老婆都為之沉醉，能親身體驗農村文化和田園生活，真是一趟有意義的感性和知性之旅啊！

（二〇一七、十一、三，金門日報文學副刊）

秋季菱角扣人心

秋日，送來暖陽與陣陣清爽。秋節，送來甜柿、水梨、柚子，還有菱角等等香甜可口的水果，真是個幸福滿滿的季節啊！

去年，老婆開完師專的同學會後不久，她的同學，娘家住麻豆，寄來臺南的名產「菱角」，一大紙箱沉甸甸的，大概有二十多斤吧！充滿秋日的濃情盛意。當天夜裡，全家聚在客廳柔美的燈光下，聆聽著秋日的蟲吟頌歌，吃著煮熟仍冒蒸氣的菱角，心中無限歡欣。

次日，老婆將部份菱角送給學校的家長會長，他喜上眉梢的接受；另一部份則送給老師們共享，並與老師們談起水生植物池也要栽種幾棵菱角，讓學生觀賞，也富教學意義。

菱角皮硬，市場販售的熟菱角，都在上頭切一刀，方便剝食。為了剝食，我們到虎尾和崙背多間五金百貨行去買菱角剝殼刀，都說有賣，但已售完須叫貨。老婆不死心上網，準備網購，發現只是一般的花剪改良，已經申請專利，一隻七、八百元。所以，我們還是用老方式，用嘴巴咬斷；不然，就得用菜刀切兩半。大嫂說，她切了一些，食指都起泡了，吃一顆菱角還要那麼麻煩。

有一部生態紀錄片：「紀錄新發現——南瀛葉行者」，敘說浮葉植物的菱角田及一些濕地，有一種俗稱「菱角鳥」的水雉，能在葉面上行走自如。臺南官田是菱角的故鄉，也是保育水雉的重要棲地。牠美麗的羽色、行走優雅的姿態，是珍貴稀有的保育鳥。在「生態博物館」的概念下，期待菱角農、水雉保育與棲地環境，共生共榮，締造美麗臺灣的一景。

（二〇一七、十、二，馬祖日報鄉土文學副刊）

保健身體DIY

人到耳順之年，健康勝於一切。利用保健食品，可以維繫甚或強化身體健康。

為了保護眼睛，曾向他人打聽，說將枸杞、紅棗、當歸、黃耆等各若干錢，用水煮沸，再用小火熬煮半小時。早晚一碗當茶喝；經過約兩個月，明顯改善了我用眼過度的不適感。

而幾年前，爬樓梯時就感覺膝蓋有點不舒服。二姊建議，向魚販討來魚鱗，清洗後加入整顆檸檬汁，煮沸後，再慢火煮兩個半小時。倒出蜷曲的魚鱗，等涼後放入冰箱，就是補充膠原蛋白和膠質的好料──「魚鱗凍」。連續食用了幾年，增加我不少「骨力」。

看到某朋友總是精神奕奕，探問之下，才知他平日服用「六味地黃丸」。經向中醫師討教，也建議我使用。忽忽已過半年多，感覺體力有所改善。

配合每天游泳，從做SPA沖水，浸泡冷水後，游完一千公尺，再進蒸氣箱，使得汗流浹背，洗浴後感覺神清氣爽；如今夜夜好眠。

而幾年前，父親腳麻，經某醫師介紹服用銀杏滴劑；將近半年，卻造成血尿，送急診服用類固醇，三天才改善。又住院近月，化學藥物副作用使父親體重破百，造成髖關節嚴重受損，疼痛，真是一場災難！保健食品的攝取，真的是一大學問！

（二〇一七、十、二十六，聯合報健康版）

秋冬來鍋自助好料

秋涼冬冷時節，家庭聚餐或朋友來訪，吃一份熱熱的火鍋，成為許多人的選擇，我也不例外。在聊天聚會中，火鍋蒸騰的溫度，慢慢地提升話題的熱情，讓彼此的心靈更加親近，讓蕭索的冷意也有濃濃的暖意，既養身又充滿溫馨的感受。

位在雲林崙背偏鄉，簡餐及火鍋店選擇有限，但有一兩家的品質維持得很好，我常帶同事、朋友和家人前去享用。尤其鎮上的一家田園餐廳，周圍的景觀不錯；他們自種有機食材，蕃薯葉、南瓜、美生菜等。而牛奶鍋，就是採用我們本地盛產的牛奶，所以他們的火鍋材料都是採用在地新鮮的蔬果，既營養又減少碳足跡。

有一次，我們與朋友到虎尾的一家養生素食火鍋店，大家吃得不亦樂乎。這家素食店的湯底，如：九尾清香鍋、養生藥膳鍋、紅麴蕃茄鍋等五、六種，都令人喜歡。坐在位置上，一列小火車在眼前來回行駛著，車上載著一小盤一小盤的各種蔬菜，菜色一直變換著，而熟食、水果、甜點也都有，真特別！

前幾年，孩子還在家中未離家求學，冬冷時節，老婆特別到五金行採購不銹鋼的小火鍋，一到假日，我和老婆到超市採購瘦肉片，還有玉米、豆腐、高麗菜、杏鮑菇等一些火鍋料，加上自家屋後栽種的蕃茄、南瓜、A菜等蔬菜，一人一鍋，全家歡聚，邊吃邊聊樂開懷，那是一段美好的甜蜜歲月。

如今，天冷之際，我們一家數口偶爾會採購火鍋料理，一只大火鍋，各取所需，不必再動其他鍋鏟，省事、省時，除了熱熱的吃一頓飯外，也能暢談心事，度過美好的用餐時光，真愜意！

（二〇一七、十二、七，馬祖日報鄉土文學副刊）

義工媽媽的典範

林媽媽吳麗雪小姐，是我小女兒就讀麥寮國小時，班上的義工媽媽，因她兒子與小女兒同班而結緣。那已是十年前的往事，林媽媽的生活點滴故事，就是一本優美的散文書，值得細細品味。

每次女兒放學返家，談的不是她在學校的功課如何，而是林媽媽今天說了甚麼好聽的故事、做了甚麼美勞作品，並且把成果展現在我們夫妻面前。讓我們覺得林媽媽比國小老師更像老師，更吸引學生的學習興致，真是一位功夫了得的義工媽媽。

每週二和四是全校老師開晨會的時間，而這一晨光時間，也是全校義工媽媽協助老師看顧小孩各展神通的韶光。有的義工媽媽指導讀經典；有的指導製作美勞作品；有時配合時令，例如：端午節就製作香包粽子、教師節繪製敬師卡片、過聖誕節和春節前夕，就指導繪製聖誕卡和賀年卡片；也有的會利用學校圖書館的繪本進行說故事、指導晨光課外書的閱讀等等。而林媽媽是箇中翹楚，是孩童上學最喜歡的一段時光。

雖然，她的孩子已經由國小畢業多年，她依然不改做義工的熱誠和本色。對於義工，她相當專業，除了受縣府金質獎的表揚之外，她的文筆相當出色，她擔任義工的心得寫作，也在縣賽中得獎。

最近在臉書上，和林媽媽成為好友之後，看到她製作指導學生的藝術作品、書寫擔任志工的心得，與學生的互動感言，真的很用心和投入。因此，也看到她將這些年來擔任學校義工的美勞作品成果，製作成學童最喜愛的繪本集，由麥寮鄉楊厝社區發展協會出版。當她贈送我的時候，讓我驚艷她的才華洋溢。

她至今榮任好幾屆學校愛心義工媽媽團的團長，帶領一群義工媽媽，將愛心獻給一些兒童，令人欽佩和敬重。

手巧的她，幾乎無所不能，是裁縫師傅，也會做拼布包、製作養生飲。是老婆學習裁縫和拼布包的師父。日前送了一只拼布背包給小女兒當作高中畢業禮物，還希望小女兒利用暑假去跟她學習才藝。

暑假開始時，義務的指導一些朋友和孩子，教學裁縫和拼布包，也指導製作「皂基手工皂」、「紫草膏」和「體香膏」等；也利用兩天的時間完成了一批木耳露。她的精力真充沛！她又是孝順的媳婦和女兒，真是人世間值得學習的好典範！

（二〇一六、六、二十八，馬祖日報鄉土文學副刊）

生活來電不來電

在熱戀拍拖中的男女，最怕「不來電」。而居家生活的現代人，也怕「不來電」，那恐怖的情境與颱風、地震來襲一樣的讓人驚慌萬分！

返鄉定居二十多年了，停電很少超過一天的，所以，並不能完全體會近幾個颱風重創屏東及東部原著民部落，超過一週無電可用的窘境。

前一陣子的梅姫颱風肆虐全台，最後，從雲林的麥寮出海，雲林縣成為全台最嚴重的受災區。我家就在麥寮鄰近的崙背偏鄉農村，經過兩天兩夜如砲彈般的掃射，已是滿目瘡痍……。

而從第一天的上午八點多起，開始風強雨驟，緊接著停電了！期間只有短暫的從九點到十點一小時來電。原以為很快颱風會過去，應該很快地就會有電供應；沒想到，將近四個白天和三個晚上的無電生活，即將展開。

第一天，白天狂風暴雨來襲，中央山脈發揮的阻擋功能有限，是這數十多年來雲林受風災最嚴重的一次。白天緊閉門窗，還好，屋內尚不致悶熱，但屋外狂風暴雨的侵擾，書房的木門被吹開，也進了不少水。我擔心三合院的屋頂被掀走。聽到鄰居的鐵皮鏗鏘的震動。屋旁的幾棵樟樹都陷在風暴中：隔壁的兩公尺玉蘭花樹已倒；家屋旁的兩處菜園全趴；絲瓜棚全倒；木瓜全掉了果；玉米倒伏；甘藷葉被掃到枯黃……，附近的農田更有百分之九五受災！

到了晚上，只有靠數根大小蠟燭和兩三支手電筒度過第一夜。幸運的，我們還有晶體收音機陪伴，能聽一些音樂和新聞消息。關門鎖窗，不管屋外的風風雨雨如何的瘋狂咆哮，早早八點多就上床休息了；但睡不安眠，因為木窗的瘋狂震動，不心驚也難。

躺在床上一個多小時，心緒逐漸沉澱下來，我和妻回歸到最單純戀愛談心的時光。睡不著也沒關係，因為身邊的手電筒無意的向著天花板照射，發現了一輪明月照心田；連妻子也感到一絲的浪漫和詩意。我望著那一輪不動的明月，心中湧起了多年奔波生活的感慨，對今天卻也能感到幸福無邊。

第二天了，雖然知道停電難免，從收音機知道，全國停電超過四百多萬戶，但總祈禱早點來電；因為衣服沒辦法清洗、冰箱冷凍庫逐漸失能：自製的水餃和豬肉餡餅已經逐漸糊成一團了；冰棒溶解了；貢丸及火鍋料都失溫了；其他食材開始敗壞，卻一下子難以全下肚。雖然是清理冰箱的好時機，但也真是欲哭無淚啊！老天。屋外仍然風大雨大，困在屋內，沒有電腦和手機、沒有颱風消息，只知道颱風正在雲林的頭頂上盤旋狂掃，不去。這一次讓全臺有感的颱風，雖然連放一天半至兩天假，但損失卻超過十億，真是慘烈！

第二天晚上，颱風走了，沒煮甚麼飯菜，但我們點了不少蠟燭。怕充電手電筒沒電，吃飯時點了燭光，老婆苦中作樂的拍了一張燭光晚餐上臉書，引來遠方同學驚歎說：真有吃大餐的氣氛，好享受！更有好友笑談說要送來豬、牛排加菜，讓我啼笑皆非。

老婆說，無事可做，不如彈彈古箏吧！隨後，她點了兩根蠟燭，我覺得光線不足，只好在她周邊加點了兩根；雖然如此，光線依然朦朧。在叮咚的聲響與和諧氣氛下，她自覺心情不錯，要我跟她拍照留念。原本要放上臉書，最後她說不好看，真像「倩女幽魂」而作罷。我心想，平日電源光線充足，老婆不是看手機就是玩電腦。這天，竟然要努力彈古箏；雖然燭光閃爍搖曳，別有一番風情，可是仍然告訴她，有練彈就好，保護眼睛最重要，不要不甘寂寞而賠了視力。

第三天的傍晚，無風也無雨。我在神明前祈求全國平安，趕快能復電。

晚飯後，我和妻走出了書房，到絲毫無光的村道逛一逛，已記不得多久沒散步了。手中的收音機和一盞燈陪著我們探訪。結果發現，幾乎大家都在黑黝黝的屋前閒坐聊天，因為彼此都看不見對方，所以充滿一份神祕感。

走到一戶人家附近，驚喜地發現他們家竟然有電，好幾處有燈光，還聚集一群人吃東西聊天，真讓人羨慕！原來是村中做水電的人家自力更生，自備發電機發電。我跟老婆說，一家有電不稀奇，如果他們能讓全村近百戶人家有電，才是行家！

在庭院的藤椅上閒坐，仰頭觀看毫無光害的滿天星斗，還有幾隻螢火蟲從菜園中飛到庭院來作伴。夫妻對談，談心，也說電力如果再不來，我只好跳「祈電舞」：當我學著先住民的舞蹈和呼喊聲，在黑麻麻的庭院繞了一圈，真是別有滋味在人間。逗得老婆笑呵呵，也加入「祈電舞」的行列。希望電力趕快來；否則，冰箱冷凍庫的東西會壞光光。

此時，住在屏東的好友來電關心。在老婆與他閒談之際，終於在十點多「來電」，聽到一陣驚喜聲：有電了！可惜驚喜不到兩分鐘，四周又陷入一片黑暗，心中又湧起無名的哀傷。

畢竟修練不足，所以我無法體悟心靜自然涼的感覺，與妻子困在悶熱的小房間中，除了兩人搖著扇子之外，別無他法，愈扇愈熱。這才想到人為什麼總要在失去之後，才能深刻體會到平凡卻幸福的可貴？那些平凡的日子，與平淡無奇的事物，看似不重要，卻成為心頭的溫暖泉源。

梅姬颱風肆虐全台的第四天下午三點半，經過四天三夜的無電生活，終於恢復供電了！老婆還在上班時，我就打電話給她，告訴這一好消息，從電話那一端傳來她驚喜萬分，期待「來電」的喜悅和幸福感。快六點時，屋外逐漸黯黑，老婆一放包包就說，要給臺電辛苦的工作人員打氣，在臉書上鋪文說：「臺電、臺電，我愛你」，看她樂得手足舞蹈。其實，我比她更開心，真的，居家有電，生活才有美麗的色彩，心靈才會開出繽紛的花朵……。「來電」了，我整個人又恢復了元氣。有了電風扇，有了冷氣，電腦活了，手機可以充電了，洗衣機開始運轉了，冰箱啟動了，滿滿的快樂和幸福感洶湧而來……。

甘於平淡的鄉居生活，原本就無法享受到都會優質的熱鬧氣氛；平日，幾乎感受不到電力的重要，一如無法感受空氣的存在。如今經過幾天停電的洗禮，更能體會到電力就像空氣一樣重要。有「電」不是萬能，但沒「電」卻使生活嚐到萬萬不能的苦頭。

（二〇一六、十一、十四，金門日報文學副刊）

風姨梅姬過境

前一陣子的梅姬颱風肆虐全台，雲林也成為重災區，所有農田的蔬果滿目瘡痍，幾乎全毀，令人看了心痛不已，農家的苦日子就要來臨了！雖然身心都苦，但依然要挺起身子，打起精神來過日子

以往颱風過後，我家三合院落的右方和後面菜園，都會倖存一二十棵的甘藷葉，成為度小月的主菜。

幸運的是，今年除了甘藷葉長得不錯，老婆從二三月開始就非常勤奮的耕耘灑種，菜園多長了幾棵絲瓜和冬瓜。在颱風來臨前，絲瓜從夏末伊始，每天就有三、五條可採摘供食用，和雞蛋、麵線，蚵或蛤蠣一起配菜，或燜煮，或煮湯，滋味都不賴。

而幾棵冬瓜種，平日很少管顧，任其成長，經過半年多的孕育和成長，雖然被蟲子叮咬，但每一顆都是有機栽培，卻沒想到竟能採收了三十多顆，毫髮不傷。近日颱風過後，成為左鄰右舍，親朋好友的最愛，驚喜萬分的接受我們的餽贈。最近，烹煮

冬瓜排骨湯，都很受家人喜愛。

颱風過後，菜園的木瓜全掉了果，我和妻子到菜園撿了一籃子，除了幾粒將成熟的以外，十多顆都是翠綠無比。只好每天將青木瓜切絲炒肉絲，燉煮排骨和肉片，味道也相當清甜。

颱風前，自種的蔬菜多樣化下，大、小黃瓜、「大陸妹」、紅鳳菜、白鳳菜、韭菜、甘薯葉等等，還曾吃得有些厭膩了；但颱風一來，棚架倒塌，一掃而光，只好調適心情和吃食的習慣。

總之，颱風過後，煮菜靠三瓜（絲瓜、冬瓜、苦瓜），日子雖然難過，還是要咬牙認份，用心地過下去，才是王道。

（二〇一六、十、二十五，人間福報家庭版）

二〇一六跨年那一天

歲月更迭如電抹，一回神，冬至吃完湯圓後不久，就將進入新曆年；還記得才剛元旦跨年，如今春節又要來臨了！

回想老婆在歲末年終時，即興致勃勃地規畫要到高雄美濃阿輝同學的田裡去拔翠玉蘿蔔，邀約好同學三對，從南投、雲林和屏東驅車前往。終於在去年的最後一天，我們如願成行；十點半，我們一群人久別重逢，熱絡的寒暄一陣。臺灣南部的陽光熱辣辣，根本不像冬天。要下田拔蘿蔔已近中午。感謝阿輝的慷慨，既讓我們這三對寶能興奮的免費拔蘿蔔，還辛苦的協助將蘿蔔葉去除，方便我們裝袋。在一旁的我很開心地為他們拍照，留下美濃田園好風情。

十幾袋的蘿蔔，共有一百多斤，還有阿輝用糖醋水辣椒醃製的翠玉蘿蔔，當場我們就一口口嚐起來，口感爽脆，感受到美濃特產的魅力所在。他還贈送他用心栽培的有機大陸妹及花椰菜，滿載而歸；在傍晚時分，揮別乾淨又優雅的美濃，向屏東市駛去。

在夜色中趕路，欣賞著南台灣年末最後一夜熱鬧的景致。我偕妻住進了曾府（民宿。妻子閨蜜小唐的家）；屏東市的旅店因年假和跨年之故，皆已客滿。接受了曾大哥豐盛的海產接待後，我們窩在曾家泡茶聊天。甚少在夜間喝茶的我，太開心了，一杯杯的下肚，享受他們一家人的殷勤招待，真是賓至如歸。

數不清有多少次，我們如到屏東，一定夜宿在小唐家。看著他們兩位千金從幼稚園至今的成長，忽焉都已是亭亭玉立就讀大專的姑娘了。

還不到十一點，就上床休息，雖然覺得累，但因茶葉的催化，讓我睡意全無，依然清醒著。往常都是和孩子在自家電視前，迎接倒數計時，看著影歌星在各縣市的跨年表演。「五、四、三、二、一！」「Happy New Year！」的聲音此起彼落，舉國歡騰。銀幕前的火樹銀花四起，煙火晶燦的流光四射。各個電視台都在節目內容中，比天王、天后的多寡，比時間長，比花樣多；各縣市比放高空煙火旋舞的炫麗燦爛和人潮，如夢影般的搖曳著新年的想望……。

即將跨過十二點之際，新的二〇一七年的元旦就要到來。此時，只聽得樓下人聲雜沓，遠近不斷傳來轟轟烈烈的鞭炮聲響，打斷我的思緒，約有半小時之久。沒想到今年的跨年夜竟是在異地度過，那可是全新的體驗與感受！

（二〇一七、一、十七，人間福報副刊）

除舊聲中感觸深

歲月催人，冬至拜完神明之後不久，農莊的老農老婦就開始忙著過新年的準備工作，左鄰右舍清理門面，整理雜物，忙得不亦樂乎。

幾個月前，我就陸續的整理書櫃，趁著幾位姊姊返家省親之際，將一些兒童讀物和套書送給姊姊的孫子們閱讀。一轉眼，屋內屋外卻沒完全清理好，離過年只剩十多天，只得快馬加鞭。

近幾年，雙親老邁，老婆還在上班，都由中年退休的我全力負起打掃清理工作。老婆替我想好了，趁這幾天南部天氣溫暖，正是曬被子、洗被單、刷洗牆壁窗戶的好時機。另外，清理被煙熏黑的客廳，也是重點。

每年的此刻，天候常是濕濕冷冷的，每次要對各種匾額、相框擺設品，門窗、冷氣、各式電風扇和鐵櫃等物件的清洗，身手都覺得難受；然而為了迎新年，也要硬著頭皮，緊咬牙根的做下去。筋疲力竭時，就來場單人的下午茶：慢飲熱薑茶，細咀蘋果水梨，讓紅麴薄餅、蜂蜜燕麥餅乾和花生煎餅等，帶來能源補充，讓我精神有勁的清掃下去。

忙了一陣子，身心疲憊不已。過年前三四天，母親忙著炊煮甜鹹年糕，老婆和大嫂也開始張羅年菜，讓全家都嚐嚐媽媽的拿手菜，享受甜蜜溫馨的滋味。

除夕夜，一家歡聚。兩個女兒圍爐完，欣喜的領完紅包，興高彩烈地守在電視機前跨年，收看電視節目的煙火秀，以及大咖巨星主持綜藝節目。我們讓歲月追趕得喘吁吁，髮絲不自覺的白了；而孩子們青春妝點著歡樂，跟隨著年少的心靈，一年年的奔馳。春節燦爛的光芒，點燃了她們的金色年華，時光流轉，留也留不住的她們，聚少離多。我們夫妻也步入中年，看著她們享受著青春，狂熱的追逐歡樂，倍覺年輕真好。

（二〇一七、一、二十九，金門日報文學副刊）

舊年尾新年頭有感

年味近了，街頭巷尾都充滿過年的喜氣和氛圍，不自覺的讓我的心情好起來。日日是好日，年年過好年，是自己多年來的想望。

這段春節前的日子，各行各業都異常的忙碌。許多家庭主婦也忙著「斷、捨、離」。庭院堆滿我們從屋裡搬出來的東西；在這要搬移前停在手中的雜物，一剎那湧起多少歲月的記憶與印痕。這些看似雞肋的東西，滿滿都是記載著溫馨的故事：幾年前，某一單位贈送令人捨不用的燉鍋；也看到任職學校的一些熱心家長會長、委員及義工媽媽的照片，與老師的合影，和畢業生的紀念照等等：教育心情點滴，湧向腦海，多令人懷念啊！

隨著年華老去，更能體會開心過好年的重要，每每在雜物堆中尋寶、撈寶，充滿無限的喜樂。雖然清理辛苦，但卻能在各種的物品瀏覽中、找到那逝去的風華，讓心靈更加的喜悅與飽滿。年終掃除好過年，它讓我重新出發，也讓我發現過往的自己。

（二〇一七、二、九，人間福報家庭版）

蕭索中猶然滿懷希望

每年初冬，北風又狂又強南襲而來，滾滾煙塵迷茫，常會吹起我心頭的蕭索。從年輕懂事起，那種陰鬱難解的灰黯心情，總要過春節後，才能逐漸化解開來……。

街景所見，成排的欒樹佈下天羅地網，繽紛的黃紫色彩，在眼前恣意飄盪。每次開車走過城鄉相連的道路，高聳美人樹開花的粉嫩，帶著淡紅色澤的光彩，在蔚藍的天際中亮眼搖晃著；而洋紫荊淡雅的粉白和豔紫荊的花兒，輪流登場，成為秋冬最美麗的風情。

去年年末的某天，與妻進入久別的中正大學，一入校門口，兩側成排如衛兵的艷紫荊，風情萬種的歡迎著我們；雖然天冷陰沉，但心頭卻寬敞亮麗。當時耳際傳來陣陣狂風橫掃的呼呼聲響，而我們站在艷紫荊樹下，迎著花瓣如雨飄下，妻忙著拍照留影，有一份落英繽紛的柔美浪漫；滿懷的閒情逸致，充滿在艷紫色澤鋪滿的紅磚道上。我的心緒彷如婚前拉著她的手，行吟漫步臺北繁華街頭。此時此刻，賞花，賞景，也能忘懷寒冬的冷顫；一如有好友相約相聚閒聊閒逛，那種溫熱感讓時光飛逝，可會是最單純的幸福。

寒冬中，偶爾能在太陽露臉時仰首藍天，思忖著能住在中南部時常暖陽的照拂下，是溫馨幸福的。難以知覺時光的流逝，幾個村莊都輪流做平安戲，神尊繞境祈福，民眾又平安的度過了一年。

穿著厚衣，酷冬的年末不再酷寒，每個人的心中燃起一股新年的希望和熱情。舊年已逝，新的一年在冬陽灑下燦爛的光影中歡喜登場；不論過去一年如何的苦悶與痛苦，大地終將春回。我常漫步田野間，在一片綠意盎然的平原上，看到老農夫婦早作蔬菜收成的歡心美景與希望。

近日天寒，加上陣陣的沙塵暴，讓習慣蝸居在家的我，更有理由不出門，連上田看看農地也慵懶了。在一片肅颯的蕭索中，暖溫的太陽更讓人眷戀。不得已在寒冷卻繁忙的小城裡遊走，採購民生必需品，才發覺自己是自在的閒人。

多少人無畏酷寒，穿梭在城鎮與農村平原中討生活，他們總是精神奕奕地提起拚搏的勇氣。在新年裡許下成功的種子，要努力生活，認真活下去，期待未來的日子裡能豐碩，又充滿多彩多姿。

在習慣於平靜的農居生活中，真的苦於這陣子北風強勁一如颱風的嘶吼，它毫不留情地撼動著緊閉的木窗鋁門，著實令人冷顫連連。隔窗凝望外邊天光雲影的美好，在新的一年裡，我平靜的許下願望，讓禁錮的心靈也跟著快樂起來。幸運的是，南臺灣這種惡劣至極的天候偶而才降臨，面對著它，我仍得自我追尋，打起精神來吧，一種蕭索中透洩出新年帶來的趣味與甜美的幸福，於焉升起。

（二〇一八、二、二十五，中華日報副刊）

「唱片女工」詹雅雯的菩薩行

十幾年前，耳邊常傳來文辭優雅，頗富感性的臺語歌曲，在電視節目中、在車上的音響和書房裡的收音機裡，傳唱著；像「漂浪的海沙」、「故鄉的月」、「人生公路」等膾炙人口的好歌。當時只知是一位叫詹雅雯歌手唱的歌。

後來有一次，到市場找慈濟師姐繳交功德會款，她告訴我，有一場詹雅雯的慈善義演會，希望我們參加。那天，剛巧是九九重陽節，能到斗六的雲科大去參加盛會，與雅雯小姐見面，聽她說唱，可說是難得的心靈洗禮。

當時，下午兩點的演唱會，不到一點，就人潮洶湧。許多慈濟師兄頂著午後的烈日，指揮交通，因為有中老年人租賃遊覽車前來。一時，但見扶老攜幼的一家人、有坐輪椅的高齡老阿嬤，也有拿著枴杖和四角助行器的中年人，盛況空前。

雅雯小姐一出場，就得到滿堂彩。她深深的一鞠躬後說：還沒進會場就聽到有人說這是她的演唱會；其實是擔任志工的分享會，不過也會唱一些歌。如果唱得不錯，只要有人喊「Encore」，她會再唱幾首歌，讓大家心花朵朵開。

果然她說唱俱佳，讓會場充滿感動的氣氛。整整兩小時，沒有冷場。她是一位有智慧的人間菩薩，出身在貧寒的環境中，成為成功的藝人後，仍不忘人間疾苦，全心投入志工行列，濟助貧苦眾生。聽著她現場的歌聲，還有她幾次淚眼的敘說從貧困家境過來的坎坷人生路，讓聞者心酸落淚。

衣著樸實的她，每講完一段，就唱一首歌：

「佇心內找一個位，種一粒種籽，喔，思源頭的泉水，開感恩的花蕊，心的故鄉～佇何時，才會行到位，予流浪的人得到安慰……」（感恩的花蕊，詹雅雯詞，劉清池曲）

渾厚又婉轉的歌聲，迴盪在會場內，令人沉醉。

雅雯小姐茹素，加入「慈濟」擔任志工已二十多年。她說：「對我，志工是正業，副業才是歌手！」行善就是她的人生，只要媒體報導和慈濟委員通報孤苦無依的個案，她無不盡力救助，堪稱人間「活菩薩」。她生活相當低調，自稱是「唱片女工」，唱了二十幾年的歌，共出版六十多張專輯，創作三百多首歌曲，也成為她做志工的捐款資金的後盾。

她又說：做志工要有智慧，要貼近受助者的心；怎麼做，他們才能受惠，得到最好的幫助，不要一廂情願。

她曾號召歌迷志工徒步到半山腰幫八十多歲的獨居阿嬤，清理房間，更換家具、床鋪、裝置熱水器等。

另一則故事是，村里長都沒辦法讓一位老阿嬤辦理身分證與健保卡。她得知是因為沒有燙頭髮之故，不願照相。透過歌迷志工的協助，為老人家洗浴、阿嬤燙好頭髮，終於辦妥身分證件！

初次在安寧病房做志工，為癌末阿公清唱「望你早歸」。自認犯了禁忌，不過阿公聽完還要再聽一首。有時唱到一半，反思自己的身世，不禁淚水狂飆，反倒是家屬安慰她。

「小時候，父親常提醒做人要有志氣，教誨形塑出我倔強的個性，也成了我表現志氣的方式。」因此，她寫出〈人生公路〉這首歌：

「人生的公路直直行，成功的路佇那一段，出外人本錢是打拚，志氣是唯一的靠山。」

每次遭遇困境，她會想起雙親勞動打拚的身影，想到起伏轉折的歌唱路，家庭婚姻；想到輔導過的受刑人，只能選擇勇敢地活下去。擦乾淚水後，認為「菩薩自有安排」，未來都將有好的結果。

雅雯小姐現藝人身，行菩薩道，以真情作詞，用心聲譜曲，具有撫慰、感化人心的力量，她希望藉由創作與歌聲，療癒人心，結下人間善緣。她進入監獄，擔任教誨師，讓犯錯者能重新找回溫暖及向上提昇的力量；因此，也被譽為「照亮人生路的療癒歌手」。

她是一位生命的菩薩勇者，用志氣寫出行善的人生劇本。

李天祿的四個女人

——盪漾在心湖的臺語歌劇

「阿來兄：汝茲者欲做甚麼？」每次我要做甚麼的時候，老婆總是學日前去歌劇院看的『李天祿的四個女人』閩南語歌劇的語調，讓我忍俊不禁。老婆真是中毒太深了，但由此可見一齣戲劇是如何的影響人的生活！

剛開始以為『李天祿的四個女人』是請人來演布袋戲，我和妻到了劇院才知，還好布袋戲只是戲中的一小部分。

它是臺北市中樂團長鄭立彬擘畫、指揮，賴美貞劇本創作，國家文藝獎得主錢南章作曲，曾慧誠導演的一齣全新製作，首創以現代中樂團伴奏的臺語歌劇。大卡司的演出陣容，的確值回票價。

此劇開始，就以老年李天祿的回想拉開序幕。金色燦亮的布袋戲彩樓舞台及演出的戲偶，隨即吸引眾人的目光；藉由音樂、舞者，以戲偶引導大家進入他與四個女人的故事——她們分別在李天祿的生命中扮演不同時期的角色，也各有不同的想法與個性。「陳錫煌傳統掌中劇團」還特別刻了四尊布袋戲偶，並以綠、黃、藍、紅的衣服，代表四位女性：黃金鑾、麗珠、陳茶、月鳳。而在故事最後，舞台的焦點又從歌者、戲偶，回到老年李天祿身上，演繹著自己的悲喜人生。

在兩幕五景中，毫無冷場，用臺語發音。有歌有舞，有實有虛，有真有幻，有傳統文化與現代創意的結合；搭配巨大的布景、戲偶影像與舞台人物的專業表演。詞曲優美動聽，也唱出李天祿不為人知的情史，令觀眾如癡如醉，屏息觀賞。

第一次面對這齣笑中帶淚的臺灣故事，讓我震撼，深深覺得「人生就是一齣戲」！導演曾慧誠說：「人生本如戲，幕起幕落，四段姻緣都成了戲裡一個個故事。對於李天祿大師而言，布袋戲的世界才是最真實的，他可以毫不掩飾活出自己的人生。」

李天祿是布袋戲的傑出藝師，首創「亦宛然」，曾到國中、小教導布袋戲。他名滿寶島，還曾獲得法國頒贈的「騎士榮譽勳章」。一九九〇年獲教育部「民族藝術薪傳獎」榮耀。

這齣歌劇，源自臺中詩人路寒袖〈緣分既了，悲喜自在——我如何寫李天祿的四個女人〉一文，並使用他的〈李天祿的四個女人〉及〈布袋戲〉共五首臺語詩作。劇中，以日據時代及光復初期的困頓年代，用生命中四個女人的故事為脈絡，呈現出底層社會百姓所展現的另類生活哲學。劇本字裡行間蘊藏不少俚語，令人捧腹，記憶深刻；例如媒婆唱：

「…阿祿仔兄：汝靜靜聽，阿茶青春又美麗，臺北城內無人比，復是陳家千金女，娶一个好婦，較贏過三个天公祖。」

「…汝看我這支鑽石嘴，癮痀的、缺嘴的、跛腳的，我攏會得牽紅線，我是天下第一名的大媒人。」

我有幸目睹，了悟當年李天祿所處的社會景況與時代悲喜。這齣歌劇開拓了我心靈的視野，在三小時的戲劇洗禮中，從看盡人生百態，讓我覺得不虛此行。

暮色，我在庭院踱步觀賞天光雲影，書房傳來老婆著魔式的歌劇叫喊聲：「…阿祿仔兄：汝靜靜聽，……阿來兄：汝茲者人是佇何位……？」讓我哭笑不得，哈哈哈……

戀念廖瓊枝歌仔戲『王寶釧』

中年過後，不知從甚麼時候開始，拚命追著臺灣第一苦旦廖瓊枝薪傳歌仔戲劇團，東奔西跑。每年各地的藝術季，或年度公演大戲，車程只要在兩小時內，我和老婆都跟隨北港的蔡校長追戲。每次看戲，都沉浸在戲劇的氛圍中，直到劇終才回神。很入戲的我，明知那只是演戲，可是內心卻隨著劇情而起伏震盪不已。雖身為男兒，卻幾度落淚。看完戲後，依然沉醉在戲中，纏著老婆討論戲中的諸多劇情；老婆常戲稱說我上輩子應該是一位歌仔戲演員……。

我和老婆都因蔡校長之故，拿到免費貴賓席的票；但看完戲，我都會多少的捐個數千元給戲團，聊表支持的心意。畢竟演一齣戲，演員、場租、布景、燈光、現場的音樂伴奏等等，所費不貲，實非我們外人所能想像。

廖老師從藝六十載，堪為臺灣歌仔戲代表人物。她的唱腔、身段優美，演技精湛，曾於一年前到蔡校長服務的仁愛國小親自示範、表演和演講；也由歌仔戲演員當場演出『陳三五娘』的精彩片斷，贏得媒體及家長、師生一致讚賞，名不虛傳。這幾年，因為蔡校長及她的親戚頗為護持薪傳歌仔戲之故，我們夫妻倆逐漸認識歌仔戲，才知她是「重要傳統藝術歌仔戲保存者」，是臺灣國寶，獲獎無數。

從在員林的演藝廳『王魁負桂英』開始，『鐵面情』、『花田錯』、『李三娘』，以至於二〇一七年五月，在臺南文化中心的『王寶釧』等等的歌仔戲，劇情我幾乎都能記得。此次配合臺南市民族管絃樂團的現場演出，讓人耳目一新：銅鑼聲、鑼鼓聲、胡琴聲等等響起；看戲也聽音樂，一舉兩得。

看到演員在台上賣力的演出、唱腔、演技，翻跟頭等等，深印腦海。由張孟逸演出的王寶釧苦守寒窯十八年，唱腔真是了得。帶著哭腔的嗓音詮釋著那淒美的愛情故事，如怨如慕，如泣如訴的曲調，賺人熱淚，衝擊著觀眾的心頭。由古翊汎飾演的薛平貴，有如當今豪傑，有情有義，身段不凡。其他演員更有專業精彩的演出，令人目不暇給。

尤其此次受招待坐第一排的中間位置，是自從觀賞歌仔戲以來，以最近的距離看清演員的面貌、表情及演出的動作身段，讓我驚歎連連，真是太令我感動了！

隨著觀眾不斷拍手鼓掌，九場戲從「鳳會凰」、「彩樓配」，直到「回窯」結束，近兩小時的劇情戲，除了中場休息外，毫無冷場；牽引著大眾的心神，讓人不覺時光飛逝。

散場音樂響起，所有的演員齊聚一堂謝幕，廖老師精神奕奕欣喜地感謝相關單位，並一一介紹樂團、編劇、文武戲的指導老師、主角和主要演員等。並簡短的致詞……。

雖然從雲林的崙背到臺南歸仁，需要來回三小時的車程，但我覺得一切都相當值得。能再次受到歌仔戲的洗禮和陶冶，度過這美好的夜晚，感到相當的興奮、開心和滿足。

（二〇一七、六、七，中華日報副刊）

流浪狗搖身成「校狗」

參訪老婆服務的學校，看到一隻狗被拴在一座水泥塑成的長頸鹿的腳上，草皮上還被狗挖了幾個洞，看起來很有趣。老婆過去跟狗兒摸了頭，牠乖順的搖搖尾巴。老婆走開的時候，牠前腳還趴在老婆的裙子上，她也不以為意。下課時，幾位小朋友還跟狗兒玩在一起，可見狗兒已成學校的一分子。

去年暑假時，老婆的學校來了一隻流浪狗，當時兩位盡職的主任擔心狗會帶來狂犬病，甚至會咬傷小朋友，所以天天在校園中吆喝的追趕。可是這隻狗就是喜歡學校，趕了又跑回來，令人不堪其擾。過後的一個月，校園平靜許多，因為狗兒突然不見蹤影了。

有一天，老婆巡視二樓美勞教室時，聽到狗叫聲，這才發現狗兒剛生了六隻小狗，每隻小狗都很可愛，正在吸著母奶呢。幾天後，主任為了讓母狗離開學校，只好請學生幫忙將小狗全帶到校外。過後不久，一位女老師來美勞教室上課，發現尚未斷奶的小狗不見了，起了惻隱心，又找該位小朋友，再把六隻狗兒帶回來餵養。

另一位老師跟老婆說，只要養到小狗斷奶，他願意負責處理小狗的去處，要老婆不要告訴主任。因此，每節下課，許多小朋友都擠到美勞教室看小狗、和小狗玩。當時學校只有主任不知道小狗又被撿回來養著。某天，老婆從家中帶了一個狗籠子，準備讓小狗有個棲息之處，當要從車上拿下來之際，卻發現主任正在整理草皮，讓老婆不知如何是好？

老婆還是把美勞老師的想法告訴主任，這時主任才說：「丟棄小狗是不好的生命教育，但站在學校的立場實在兩難，不知如何做才好？丟狗的那幾天都睡不好覺，深怕小夠沒人認養而凍死；如今，小狗又回到母狗身邊，總算可以放心的睡覺了。」

小狗斷奶後，有愛心的美勞老師上臉書告知好友，希望有人願意認養；又跟動物保護協會聯絡。並且透過該會，週休二日都將小狗帶到古坑綠色隧道去供人認養。因為小狗的確很可愛，六隻狗兒不到一個月都被認養了。

而他也自費將母狗帶去打預防針，並且結紮；有空的時候，他會帶著狗兒在校園遛一遛，成為牠專門的照護員。他不在學校時，也會交代替代役男負責餵養牠。從此，這隻流浪狗從原本瘦巴巴的樣子，經過半年多的調養，長得壯碩起來，成為可愛的「校狗」。

有時候老婆帶狗遛一圈校園，總引起小朋友的逗笑和歡欣。一天，狗兒從水溝裡咬起一顆網球，老婆又發現另外一顆，狗兒一直咬到體育器材室，才讓妻子取下。聽美勞老師說，狗兒乖順聰明伶俐，也喜歡有玩具玩，常在校園的角落咬到小朋友遺落的玩具。自己無聊時就在地上挖洞自娛。看到師生和訪客都不會吠叫，已成為小朋友樂意接觸玩耍的寵物，這是令人想像不到的美好結局。

（二〇一六、八、十八，馬祖日報鄉土文學副刊）

國家圖書館出版品預行編目（CIP）資料

美好人生的修補藝術——墨鏡下的生命風情／林萬來編著. --
初版. -- 新北市：菁品文化， 2018. 08
面； 公分.--（創智系列；124）
ISBN 978-986-96230-7-0（平裝）

855 107011922

創智系列 124

美好人生的修補藝術——墨鏡下的生命風情

作　　者　林萬來
發 行 人　李木連
執行企畫　林建成
封面設計　上承工作室
設計編排　菩薩蠻電腦科技有限公司
印　　刷　博客斯彩藝有限公司
出 版 者　菁品文化事業有限公司
地址／23556 新北市中和區中板路 7 之 5 號 5 樓
電話／02-22235029　傳真／02-22234544
E - m a i l：jingpinbook@yahoo.com.tw
郵政劃撥　19957041　戶名：菁品文化事業有限公司
總 經 銷　創智文化有限公司
地址／23674 新北市土城區忠承路 89 號 6 樓（永寧科技園區）
電話／02-22683489　傳真／02-22696560
網　　址　博訊書網：http://www.booknews.com.tw
版　　次　2018 年 8 月初版
定　　價　新台幣 250 元　（缺頁或破損的書，請寄回更換）

I S B N　978-986-96230-7-0

本書 CVS 通路由美璟文化有限公司提供　02-27239968